वो इक्कीस दिन

कहानी-संग्रह

रचना व्यास

लिखना मात्र मेरा शगल नहीं हैं बल्कि ये एक माध्यम है मुझे सुकूं के सागर में अठखेलियाँ करने देने का. श्रीमद्भागवद्गीता मेरा पसंदीदा ग्रंथ है. उसकी शिक्षा को एक शब्द में परिभाषित करूँ तो वो है - 'संतुलन' जिसे मैंने अपने पिता को बखूबी जीते हुए देखा. योगमार्ग पर आने के सभी साधनों के साथ ही मैं उन सभी पवित्र ग्रंथों की शुक्रगुजार हूँ जिन्होंने मौन रहकर भी मुझे उचित दिशा का बोध करवाया. ये कहानी-संग्रह मैं अपने बाल्यपन से लेकर आज तक पढ़े हुए सभी ग्रंथों को समर्पित करती हूँ.

क्रम-सूची

प्रस्तावना vii

1. वो इक्कीस दिन 1
2. प्रदूषित 12
3. वासंती 15
4. अलौकिक प्रेरणा 18
5. न्याय 23
6. अभिशाप 25
7. फॉरवर्ड लोग 29
8. श्रीकृष्ण आये थे 31
9. बदलते रंग 40
10. पंचतत्व को मौन आसूओं की विदाई 48
11. चिन्मयी की कलम 52
12. उसकी उड़ान 56
13. ऑक्सीजन 61
14. असंभव आस 63
15. ममता 66
16. उगता सूरज 69
17. भूमिका 71
18. शतक 73
19. उदारदिल कौन 75
20. ड्राइंगरूम 76

प्रस्तावना

प्रिय पाठकों! मेरे लेखन में आपको मानव मनोविज्ञान के विविध रंग देखने को मिलेंगे. मुझ पर फेमिनिस्ट होने का इल्जाम है और मैं इसे तहेदिल से स्वीकारती हूँ कि मेरे व्यक्तिगत जीवन में भावनाओं को स्थान प्रधान है. उस वजह से मुझे कभी-कभी गंभीर स्थितियों का सामना भी करना पड़ा पर जीवन के एक आज्ञाकारी विद्यार्थी की तरह मैं सीखने के पथ पर सदा चलती रहती हूँ. कभी तो इस यात्रा को बेहतर मुकाम मिलेगा. मेरे रचे पात्रों में पाठक खुद को जी पाये. प्रेम, स्नेह और कर्तव्य की परिभाषा मेरे नजरिये से समझ पाये; इसी कामना के साथ आलोचकों से अनुरोध है कि वे खुलकर बताएं, मुखर होकर सूचित करें ताकि मैं और निखर सकूं. इस संग्रह में बीस कहानियाँ है जिनके सभी पात्र हम लोगों के बीच से ही हैं. स्त्री-मन को उभारने का प्रयास प्रबल हुआ है. 'नानक दुखिया सब संसार' की तर्ज पर सभी दर्द की तहों में डूबे है पर अंत सुखद न होकर संतुष्टिदायक है. हर पात्र स्वयं परिस्थितियों से शिक्षा लेकर ख़ुद को एक नये सिरे से मजबूत बनाता प्रतीत होता है. कुल मिलाकर एक लेखक का काम यही करना तो है – सोचने पर मजबूर भी कर दे और मन को डिगने भी न दे. सभी कहानियों में यही प्रयास किया गया है कि पाठक स्वयं को ढूंढें, पाएं और किसी निष्कर्ष तक पहुंचें.

1

वो इक्कीस दिन

"अवनी मेरी माने तो तू कोई जॉब ज्वाइन कर ले. यही एक रास्ता है अपने अतीत से बाहर आने का. यूँ घर में पड़ी-पड़ी तो उस घटनाक्रम को अलग -अलग दृष्टि से तौलती रहेगी. वक्त की छलनी ने सार अलग कर दिया, तू क्यों असार को मुठ्ठी में भींचे बैठी है." माधव काका की ये सलाह सुनकर बड़ी माँ की भोहें तन गई, "क्या कमी है हमारी बेटी को जो कहीं बाहर जाये. मन बदलने के लिए क्यों न अपने घर का बिजनेस ही ज्वाइन करे. रही बात उस घटनाक्रम की तो भैय्याजी! हम सबने तो खाते -पीते घर का लड़का देखा था; वो इतना धोखेबाज होगा कोई सूंघ तक नहीं पाया."

इस बात पर सहमत बाकी बहुएँ भी अपने-अपने राग अलापने लगी. पर माधव ने तर्क की रणभूमि नहीं छोड़ी. अंत में ये निश्चित हुआ कि वो 'सदआश्रय' नामक संस्था ज्वाइन करेगी. ये संस्था पिछले 10 वर्षों से स्पेशल चिल्ड्रन की आश्रयस्थल व स्कूल है.

अवनी ने ज्वाइन तो बेमन से ही किया था पर एक सप्ताह में ही उसका उत्साह चरम पर था. उसे ये काम चेलेंजिंग और रोमांचक लगा. ये बच्चे किसी न किसी प्रकार की मानसिक व्याधि से ग्रस्त थे सो उन्हें हर बात बार-बार समझानी होती थी. महीने में एकबार स्टाफ की वर्कशॉप होती थी जिसमें 'सदआश्रय' के उद्देश्य, वर्तमान स्थिति व भावी योजना पर चिन्तन होता था. संस्था के चेयरमैन को अवनी ने प्रथम बार बोलते

सुना. उम्र पचपन के लगभग, लम्बा कद, रौबीला-सा व्यक्तित्व पर जब बोलने लगे तो लगा कि हृदय तो पुष्प सदृश कोमल है. पच्चीस मिनट के सम्वाद में उन्होंने तीन बार इंगित किया कि 'सदआश्रय' की स्थापना उन्होंने किसी आर्थिक उपार्जन के लिए नहीं की है. इसके पीछे सेवाभावना के साथ-साथ मेंटली चैलेंज्ड लोगों को जीवन जीने की कला सिखाना है, उन्हें प्रोत्साहित करना है कि वो आत्मनिर्भर बन सके और ससम्मान जीवन यापन कर सके. नियति की क्रूरता ने यदि उन्हें वंचित रखा है तो इसमें उनका क्या दोष?

अवनी का संकल्प दृढ़तर हो गया कि वो अपने काम के ये आठ घण्टे पूर्ण समर्पण व लगन से इन 'विशिष्ट मित्रों' को सिखायेगी. अवनी सहित स्टाफ में कुल बीस लोग थे. मिसेज तापडिया सबसे सीनियर थी. वही अलग-अलग एक्टिविटीज के टीम मेम्बर्स निर्धारित करती थी. श्वेता ,नीलाभ, व्योम, सीमा और अवनी को तीनदिवसीय एक्टिविटी में दीपावली ग्रीटिंग्स ,दीये, चॉकलेट्स और पेपर बेग्ज बनाना सिखाना था. आधी रात तक अवनी गूगल पर इनकी स्टडी करती रही. नियत समय पर मिसेज तापडिया ने रा मटेरियल हॉल में भिजवा दिया. श्वेता के लिए ये पार्ट टाइम जॉब थी. वो बैंक जॉब्स के लिए तैयारी कर रही थी सो अपनी गाइड बुक लेकर कोने में बैठ गई. नीलाभ सिखाते-सिखाते इतना झुंझला रहा था कि उसने एक बच्चे को इशारों में पीट डालने कि धमकी दे दी. बाकी स्टूडेंट्स भी कुछ सहम-से गये. सीमा बीच-बीच में कुछ कीमती मटेरियल अपने हैंडबैग में रखती हुई सफाई दे देती कि उसके भतीजे-भतीजी के प्रोजेक्ट वर्क में ये उपयोगी रहेंगे. व्योम और अवनी अपना काम पूर्ण संजीदगी से कर रहे थे. इस मनोयोग ने उन दोनों के मन में एक दूसरे के प्रति सम्मान भर दिया.

अगले हफ्ते बच्चो को ट्रेकिंग के लिए पंचगनी ले जाना था. मिसेज कपूर ग्रुप इंचार्ज थी. उन्होंने वहाँ पहुचते ही बच्चों को आस-पास कि लोकेशन पर खड़ा करके फोटो ले ली ताकि फेसबुक पर डाल सके और मैनेजमेंट को दिखा सके. सब बच्चों को कर्मचारी सुखीराम के भरोसे छोड़कर ग्रुप सदस्य पूरे दिन ट्रेकिंग का आनंद लेने वाले थे. व्योम और अवनी का हृदय पसीज गया. उन्होंने मिसेज कपूर से कहा कि वे लोग अनुचित कर

रहे है तो वो ठठाकर हंस पड़ी. लापरवाही से बोली “अब इनकी किस्मत में ऐसा रोमांच कहाँ? इनके लिए हम क्यों अपना मज़ा खराब करें. तुम दोनों को चलना हो तो आओ; नहीं तो हमारे प्लान में खलल मत डालो. यहीं रहकर इनकी देखभाल करो.”

व्योम और अवनी रुक गये. पूरे दिन वो बच्चों को सुरक्षित निचले हिस्से में ट्रेकिंग करवाते रहे. अगले दिन अवनी ने मिसेज तापडिया का कल का व्यवहार बताया. उन्होंने मिसेज कपूर से बात करने का आश्वासन दिया. दिल दुखाने वाले जवाब तो मिसेज कपूर की जुबान पर ही रहते है. हाथ नचाकर बोली “जब इन दुखियारे बच्चों के माँ-बाप तक अपनी जिम्मेदारी आठ घंटे के लिए हम पर डाल जाते है. आजादी से जीते है तो हम क्यों कुछ रुपयों के लिए खुद को उलीचकर रख दे. अब क्या पता अवनी और व्योम को एक दूसरे की कम्पनी एन्जॉय करनी थी इसलिए नीचे रुक गये.”

कुछ सुलगा भी नही था और आग फैलने लगी. इधर घर में जब भी अवनी के रिश्ते की बात चलती; अति सतर्क हुए घरवाले कुछ न कुछ मीनमेख निकाल ही लेते. अवनी को मन ही मन हंसी भी आती और थोड़ी झुंझलाहट भी. अब तक कहाँ माफ़ कर पाई थी वो अरुण को जिसने उसके हृदय रूपी गीली रेत में अनगिनत सपने उकेरे, आकृतियाँ सृजित की और कैसे एक वजनी लहर क्षण भर में सब सपाट कर गई. उसके पहले से शादीशुदा होने की बात शादी के हफ्ते भर पहले खुली. छ महीने से सगाई की अंगूठी पहने अवनी के मन का सपाट होना आसान न था. क्रोध से पगला-सी जाती थी वो दोहरे व्यक्तित्व वाले लोगों पर. पर जब-जब व्योम से मन की बात कहती, मन कुछ सुलझा-सा हो जाता. वो प्रेम में अनपेक्षित होने कि ऐसी धारदार दलीलें देता कि अवनी का आवेग कहीं बह सा जाता था. रिश्तों के कुछ तयशुदा प्रतिमानों से हटकर कुछ नवीन-सा दर्शन, वो व्योम की दृष्टि से ही तो कर पाई थी.

अब दोनों सदआश्रय से इतर स्थानों पर भी जरूरी लगता तो बेहिचक मिल लेते थे. चोट तो व्योम ने भी खाई थी. अपना अस्तित्व इतना उदात्त होते हुए भी उसने तारा को अपना सर्वस्व माना. पर तारा के लिए वो सिर्फ एक सीढ़ी था जिसका इस्तेमाल उसे ऊंचाई दे गया. बदले में व्योम को

मिला एक बहुमूल्य सबक कि दुनिया में दिमाग और दिल को संतुलित करके रहना ही साधना है. अब वो दुनिया के नये-नये व्यापार समझते हुए इस साधना में सध रहा था. एक दिन अवनी का आवेग फिर आकाश छूने लगा जब उसे पता लगा कि मिसेज तापड़िया निजी हित के लिए सदआश्रय में घपलेबाजी कर रही है. उसका अंतस हिल गया उन वंचितों के लिए जिनका हिस्सा चुराया जा रहा था. उस पर फिर एक दोहरा व्यक्तित्व! शहद घुल जाता है जब मिसेज तापड़िया के बोल फूटते है और भीतर ऐसा दंश! इससे तो मिसेज कपूर के कड़वे बोल ज्यादा अच्छे है. जो है सामने है.

व्योम के रोकने पर भी कहाँ रुक पाई वो चेयरमैन सर से शिकायत करने को. सदआश्रय में घुसी मधुमक्खियों को निकाल बाहर कर दिया चेयरमैन सर ने. अब व्योम और अवनी हेड इंचार्ज थे. सदआश्रय का काम भी बखूबी चल रहा था और दोनों का जीवन दर्शन भी. कितना अच्छा लगता है इस युवावस्था में जीवन को अलग-अलग कोणों से देखना. कैसी धुन होती है सारा ज्ञान पा लेने की. अब जिम्मेदारी बढने से समझ और दोस्ती भी बढ़ रही थी. इधर कब चेयरमैन सर अपने बेटे के विवाह का प्रस्ताव अवनी के माता-पिता को रख आये; उसे पता भी न चला.

घर पर मीटिंग जमी. ये रिश्ता आकर्षक और सुलझा लग रहा था. पर व्योम के नाम पर भी विचार जरूरी था. हालाँकि इससे पहले परिवार की किसी बिटिया ने कोई पसंद नहीं बताई थी. पर अवनी की पसंद प्राथमिकता थी क्योंकि उस पर अरुण नामक फरमान परिवार का निर्णय था. वो उसके चोट खाए दिल को फिर किसी फरमान से दुखाना नहीं चाहते थे.

अवनी के आगे दोनों चॉइस रख दी गई. बड़े पापा ने ये स्पष्ट कर दिया था कि चेयरमैन सर के सुपुत्र की पूरी खोजबीन हो चुकी है और वो हर दृष्टि से सुयोग्य है. ये सुनकर वो तो हैरत में पड़ गई; इतना भर बोल पाई “व्योम सिर्फ अच्छा दोस्त है और चेयरमैन सर के बेटे को तो मैं जानती तक नहीं.” माधव काका ने अकेले में समझाया कि जब उसे चुनाव की स्वतंत्रता मिली है तो सोच-समझकर निर्णय ले. शादी के बाद

भी जॉब न छोड़े और पिछली बार की तरह अंधभक्त होकर स्वयं का अस्तित्व किसी से एकमेक न कर दे. न जाने कौनसा नया गंतव्य उसका इंतजार कर रहा हो. चलते रहने का नाम ही तो जीवन है. इस सीख को हृदयंगम किये वो रातभर करवटें बदलती रही.

एक विचार कौंधा कि क्यों न व्योम को दोस्त से इतर दृष्टि से देखने का प्रयास किया जाये. दो-तीन दिन से वो व्योम की व्यक्तिगत रुचियों, विचारों, आचार-व्यवहार में कुछ ज्यादा ही रूचि दिखा रही थी. व्योम को कुछ चुभन-सी हुई. वो बेझिझक अवनी से कारण पूछ बैठा. अवनी उन्मुक्त-सी हँस पड़ी और घरवालों की सुझाई दोनों आप्शन की बात बता दी. व्योम ने उन्मुक्त हँसी में साथ दिया, बोला "अब समझ में आया ये दो-तीन दिन से तुम 3d क्यों बनी हुई हो. यु नो 3डी मीन्स डिटेक्टिव, डिक्टेटर और डिसेंट का मिला-जुला रूप." फिर कुछ गम्भीर होकर बोला "शादी करने का दबाव तो मुझ पर भी बन रहा है. दो-चार चॉइस भी है पर तुमसे शादी करके मैं सबसे अच्छी दोस्त खोना नहीं चाहता. मुझे डर लगता है शादी से."

अवनी को स्मरण हुआ कि वो अक्सर बताता है कि उसके मम्मी-पापा एक छत के नीचे रहकर भी अलग-अलग राहों के राही है. कुछ ऐसा ही हश्र उसकी दीदी की लव मैरिज का भी हुआ है. अवनी समझाने लगी "देखो व्योम! विवाह दो हृदयों, दो परिवारों और दो अलग-अलग परिवेश के संस्कारों का मिलन है. मैं संयुक्त परिवार में रहती हूँ और वहाँ सब शादियों सफल है. जोड़े चाहे ईश्वर बनाये, परिवार चुने या हम स्वयं – साहचर्य, समर्पण, सहयोग, सहनशीलता और समानुभूति आवश्यक है. ये सब है तो विवाह सफल है. यह आवश्यक तो नहीं तुम्हारी नियति व स्वभाव भी तुम्हारी माँ और दीदी जैसी ही हो. तुम इतने जिम्मेदार पति बनो कि दोनों युगल के लिए आदर्शस्वरूप बन जाओ."

प्रशंसात्मक दृष्टि से अवनी को निहारता हुआ व्योम बोला, "तुम्हारा ये लेक्चररर्स की तरह समझाना बहुत इम्प्रेस करता है. चलो हम इक्कीस दिन का ट्रायल पीरियड रखते है. इन इक्कीस दिनों में हम पति-पत्नी की तरह व्यवहार करेंगे और फिर बाईसवें दिन आत्मावलोकन करेंगे कि हम अब भी उतने गहरे दोस्त हैं या नहीं. इन इक्कीस दिनों तक तुम मेरे

घर रहो. मेरे पापा-मम्मी को देखो कि वो कैसे राई के पहाड़ बनाते हैं."

अवनी के चेहरे पर कई भाव आ-जा रहे थे. वो सहजता से बोली, "तुम मुझे लिव इन का खुला आमन्त्रण दे रहे हो. नैतिकता की मेरी परिभाषा का तुम मूर्त रूप हो. तुम पर तो मैं स्वप्न में भी संदेह नहीं कर सकती. व्योम की गम्भीर हंसी उसे छू गई, वो बोला "स्पष्टत: तुम्हें ये समझाने की जरूरत तो है नहीं कि रात को तुम ऊपर वाले हॉल में रहोगी और मैं नीचे अपने कमरे में. हमारी मानसिकता विकृत नहीं है जो हम हर स्तर पर एक दूसरे को परखना चाहे." अवनी बात काटकर बोली, "पर घरवालों को ये लिव इन और नैतिकता की मिक्सड कंसेप्ट कौन समझायेगा. जितना मैं उन्हें जानती हूँ ,वे कभी राजी नहीं होंगे. हमारा मजाक बनेगा वो अलग से." दोनों कुछ देर विचारमग्न दिखे. "माधव काका है ना, तुम्हारे वकील, फ्रेंड, गाइड और फिलोसोफर." ये कहते हुए व्योम ने विदा ली.

अगले दिन सन्डे था. पूरे परिवार ने साथ लंच किया. गपशप शुरू हुई तो माधव काका ने व्योम-अवनी के ट्रायल वाली बात सबके सामने रखी. ताईजी और माँ ने कानों पर हाथ रखकर एक स्वर में चिल्लाना शुरू किया, "हे भगवान! कलियुग तो पूरी तरह आ चुका है. सुना था दुनिया में ऐसे बेतुके रिवाज चल पड़े हैं पर हमारे घर में इतनी जल्दी ऐसी बेहयाई घर कर जाएगी. हमारी परवरिश में क्या कमी रह गई जो बिटिया ऐसी बातें करने लगी"

बड़े पापा ने उन्हें डांटकर चुप किया फिर माधव काका से बोले, "ये तो पच्चीस साल के नादान बच्चे हैं जो हवा में बह रहे है पर तुम क्या सठिया गये हो माधव! ये भी न सोचा कि ट्रायल के बाद दोनों राजी न हुए तो अवनी से ससम्मान कौन विधिवत विवाह करेगा? किस-किस को समझाओगे कि ये शुद्ध रूप में ट्रायल ही है न कि वासनापूर्ति का कोई आवरण. हमें इसी समाज में रहकर और बच्चों के भी घर बसाने है."

एकबारगी माधव काका निरुत्तर हो गए फिर साहस जुटाकर बोले, "दादा! वक्त बदल रहा है. चालीस साल पहले पिता रिश्ता तय कर आते थे. शादी के बाद वर-वधू एक दूसरे को देखते थे. रंग-रूप, योग्यता, लम्बाई, उम्र में बहुत अंतर होने पर भी शादियाँ टिकाऊ होती थी. आज

सबकुछ मिलान किया जाता है; जन्मपत्री तक भी. हवा के रुख के साथ हम बह ही रहे है; क्यों न थोडा रफ्तार से बह लें. सगाई के बाद हमने अरुण को अनुमति दी थी कि वो अवनी के साथ मोबाइल और सोशल मीडिया के द्वारा सम्पर्क में रहे. छ महीने तक वो शातिर भावनात्मक खेल खेलता रहा हमारी भावुक बच्ची के साथ. अवनी मौन रहकर सारा दर्द पी गई. आज जब वो किसी को खुद परखना चाहती है तो हमारा सम्मान खंडित हो रहा है. ये दोहरे मापदंड क्यों? आठ घंटे तो वैसे भी वर्कप्लेस पर उसके साथ काम करती है अगर सुबह-शाम उसके घर रहे तो व्योम का उद्देश्य पूरा हो जायेगा. वो उसे अपने माता-पिता का छत्तीस का आंकड़ा करीब से दिखाना चाहता है ताकि उसकी आँखों से भावुकता का परदा हट जाये. रात नौ बजे अवनी को मैं घर ले आऊंगा और सुबह वहां छोड़ दूंगा. बिटिया छुट्टियों में ननिहाल भी रहती है; भुआ के घर जाती है; फिर सुबह शाम एक दोस्त के घर रहने में क्या बुराई है. अगर मजबूत ह्रदय से अपने बच्चों का साथ दें तो समाज दो दिन बोलकर चुप हो जायेगा."

उस परम्परावादी परिवार की उहापोह सहज थी पर अवनी को स्पेस देकर वो अरुण रुपी कृत पाप का प्रायश्चित भी करना चाहते थे. आज ट्रायल के सातवें दिन व्योम के दीदी-जीजाजी लंच पर आये थे. एक घंटा तो खाने-खिलाने में यंत्रवत बीत गया. फिर सोफी दीदी ने शिकायतें शुरू की. "मम्मा! शादी से पहले अरिहंत कहता था कि वो मुझे कभी अपना धर्म मानने के लिए बाध्य नहीं करेगा. अब उसकी मम्मी मुझे नित्य नये आचार्यों के दर्शन के लिए ले जाती है. सामायिक करने के लिए कहती है. मुझे नवरात्रि में पूजा व व्रत रखने से रोकती है. रात को दस बजे ये लोग डिनर करते है. सर्वेंट चली जाती है और मुझसे गर्म चपाती सेकने की उम्मीद रखते हैं. मैं भी ऑफिस से थककर आती हूँ. सारी आशायें मुझी से क्यों? पलटकर एक लाइन बोल दूं तो बवाल मच जाता है."

अरिहंत भागने के मूड में था. सो मूवी के टिकेट्स बुक करवा लिए. व्योम और अवनी ने मूवी का आमन्त्रण अस्वीकार कर दिया. व्योम स्टडी में उसे अपना कलेक्शन दिखाने लगा. अवनी ने बातों-बातों में अरिहंत के निर्णय को उपयुक्त बताया और कहा कि शिकायतों में सन्डे

गुजारने से बेहतर है दोनों मूवी चले गए. "अब अपनी गलतियों पर ऐसे ही परदा डालेंगे. अपनी माँ को कुछ कह नहीं सकते सोफी दीदी को दबाते है. और वो अपनी माँ से नहीं कहेगी तो किससे कहेगी. व्योम आवेश में बोलता गया, "यहाँ दीदी दस बजे सो जाती थी, अब रात को ग्यारह बजे खाना खाती है. एक तरफ जैन मुनियों को पूजते है दूसरी ओर खुद नियम भंग करते हैं. ऐसा दोगलापन दीदी जैसी प्रगतिशील लड़की कैसे सहन करे." अवनी भी तर्क मुद्रा में आ गई, बोली "अब पसंद से शादी की है तो उनके धर्म व्यवहार में ढलना पड़ेगा. और लड़कर तो वो किसी को नहीं बदल सकती. मेरी माँ आर्यसमाजी परिवार से आई और यहाँ वैदिक शिव पूजन करने लगी. बड़ी माँ ने अपने मायके में लहसुन प्याज चखा भी न था, यहाँ खुद बनाती है. सामायिक करना भी तो पूजा का एक प्रकार ही है. दीदी को इतना दिल पर नहीं लेना चाहिये; धीरे-धीरे उन लोगों की भावनाएं व्यवहार में लानी चाहिए."

व्योम का आवेश बढ़ गया, "अवनी! तुम दीदी की हमउम्र होकर भी उनकी परिस्थितियों की अनुभूति नहीं कर पा रही हो. मुझे लगा था एक स्त्री होने के नाते तुम उनका पक्ष लोगी. ओह, मैं भूल गया था कि खुद पर बीते तब समझ आता है." डिनर के बाद माधव काका अवनी को लेने आ गए. वो रोजाना जैसी उत्फुल्ल नहीं दिखी. रास्ते में पूछने पर उसने बात बताई. माधव काका ड्राइव करते-करते बेहताशा हँसते हुए बोले, "ये हुई न पति-पत्नी वाली बात. कोई बात नहीं और लम्बी बहस भी हो गई." अवनी भी हंस पड़ी वाकई बात कितनी तुच्छ थी; उसे क्या जरूरत थी सोफी दीदी के वैवाहिक जीवन पर टिप्पणी करने की. फिर भाई तो बहन का ही पक्ष लेगा. अगले दो दिन तक व्योम सामान्य नहीं हो पाया था पर अब ट्रायल पीरियड तो पूरा करना ही था. सुबह व्योम के पापा अपनी पसंदीदा शर्ट न मिलने पर पत्नी से नोक-झोंक कर रहे थे तो शाम को इलेक्ट्रिक बिल न पे करने पर उनकी क्लास लग गई. मिसेज मलिक की बनाई सब्जी तो उन्हें तीस सालों में आजतक पसंद न आई. नमक कम ज्यादा पर टीका-टिप्पणी तो दोनों वक्त होती थी.

इस सन्डे अवनी ने ही नाश्ता और खाना बनाया. मलिक साहब चार बार पत्नी को सुना चुके थे कि कैसे लगन से कुकिंग की जाये तो खाना

स्वादिष्ट बनता है. अवनी बेटी को रिस्ट वाच गिफ्ट की गई. रात तक मिसेज मलिक का क्रोध अनियंत्रित हुआ, बोली, "पराई बच्ची के हाथ का खाना रोज नसीब नहीं होगा. तीस साल जैसा खिलाया है, जिन्दा हूँ तब तक वही मिलेगा. मेरे ही सहारे आपकी नैया पार लगेगी. कभी मेरी भी तारीफ की होती, कोई गिफ्ट दिया होता." अगले दिन व्योम ने कुछ झेपते हुए अवनी से सॉरी कहा. उसने आश्चर्य से कारण पूछा तो उसने माँ की प्रतिक्रिया याद दिलाई. अवनी लापरवाही से बोली, "पर मुझे तो बिलकुल बुरा नहीं लगा. मेरे छोटे काका-काकी दिन में ऐसी 3-4 लड़ाई न लड़े तो उन्हें बदहजमी हो जाती है. हम तो उनकी लड़ाईयां देखते हुए ही बड़े हुए हैं. शायद अंकल-आंटी भी ऐसे ही मनोविनोद करते हो."
व्योम स्तब्ध-सा रह गया कि क्या नजरिया है ये भी. क्या वाकई वो दिनभर मनोविनोद के लिए लड़ते है. आज तीसरा संडे था- ट्रायल का आखिरी दिन. घर में पूर्ण सन्नाटा था. शनिवार की रात मलिक दंपत्ति जमकर लड़े थे. दोनों ने जी भरकर एक-दूसरे के स्वर्गवासी माता-पिता को कोसा. अपने शादी के समय के ग्रह-नक्षत्रों को दोषी ठहराया. रिश्ता सुझाने वाले स्वर्गीय मोटे पंडित की लानत-मनालत की गई. मिस्टर मलिक भूख दबाये किशोर का गाना 'चिंगारी कोई भड़के' रिवाइंड करके सुन रहे थे. व्योम चादर ओढ़े बिस्तर पर औंधा पड़ा मन-ही-मन भुनभुना रहा था. अवनी से झेंप भी रहा था और थोड़ा गुस्सा भी था कि आज न आती तो कम-से-कम वो तो इस घुटन से दूर लॉन्ग ड्राइव पर निकल जाता. मिसेज मलिक अपने कमरे में सोफी से चैटिंग कर रही थी. आधे घंटे तक अवनी हॉल में बैठी रही. फिर किचन में गई. हलवा और पकौड़े बनाये. पापा और बेटा तो डाइनिंग पर आकर स्वाद लेकर खाने लगे. मिसेज मलिक के लिए परोसकर उनके कमरे में ले गई. वो थोड़ा चौंकी. फिर अवनी को खिलाने लगी. अवनी ने बताया कि उसने घर की सब सुहागिनों की देखा-देखी वट-सावित्री का व्रत रखा है अतः वो एक समय ही खाएगी. मिसेज मलिक जल्दी से हलवा निगलते हुए बोली,
"शादी के दो-चार साल तक मैं भी पूर्ण सद्भावना से सोलहों श्रृंगार करके सारे व्रत रखती थी पर धीरे-धीरे मन मरता गया. मेरे सास-ससुर को अपने बेटे पर पूरा भरोसा था कि वो कभी इतना नहीं कमा पायेगा कि

उस वक्त की बिगड़ी आर्थिक दशा सुधार सके. इसलिए मैंने प्रेगनेंसी में भी जॉब नहीं छोड़ी, आराम नहीं किया. नन्हें बच्चों को कभी भरपूर समय नहीं दिया. मिस्टर मलिक से दुगुना कमाकर समाज में रुतबा बनाया और बच्चों को पूरे साधन मुहैय्या करवाये. तिस पर भी हमेशा मेरे व्यक्तित्व की कमियां ही देखी गई. जब मुझे स्नेह-सम्मान नहीं मिला तो मैंने देना भी बंद कर दिया. सारे व्रत उपवास भुला दिए. अब आराम से सिर्फ अपने लिये जीना चाहती हूँ. रात को अवनी के जाने के बाद व्योम चिंतन करने लगा. उसे अपना निर्णय समझ में आ गया था पर अवनी भावुकतावश कोई ताना-बाना न बुन ले इसलिए उसे मेल लिखा-

दोस्त अवनी

अब तुम्हें समझ आ गया होगा कि पति-पत्नी बनते ही कैसे सांसारिक उम्मीदें जाग जाती हैं, अपेक्षाएं बढ़ जाती है. अपेक्षा पूरी न होने की परिणति तनाव और झगड़े होते हैं. और जो सुलभ हो उसकी कद्र कम हो जाती है. पास होने पर गुण भी दोष दिखाई देते हैं. आज मिसेज मीनाक्षी मलिक सब जानने वालों के लिए सम्मान की पात्री हैं. उन्होंने अपनी गेजेटेड रैंक की जॉब के साथ पूरा कमिटमेंट निभाया और कर्ज में डूबे एक परिवार को पूर्ण समृद्‌ध बना दिया पर मेरे दादा-दादी और पापा उनकी तुनकमिजाजी और सफलता के अभिमान को समन्वित न करके उनके दोषदर्शन करते रहे. मैं और दीदी भी तो उन्हें समय न देने का दोषी ठहराते रहे. यही मीनाक्षी किसी दूसरे परिवार में होती तो हम सब बिछ जाते उनकी प्रशंसा में. सुलभता ऐसे महत्व को कम कर देती है. पापा का व्यक्तित्व आकर्षक होने पर भी उनकी आमदनी सीमित होने से, माँ उन पर कभी रीझी ही नहीं. यही हाल दीदी-जीजाजी का हो रहा है.

हम व्योम-अवनी की तरह दूर-दूर ही अच्छे हैं. हमारा मिलन; क्षितिज होने का भ्रम; दूसरों के नेत्रों को सुखद भले ही लगे पर वास्तव में हो तो; प्रलय ले आएगा. क्या किसी को बेहद पसंद करना, उसका सम्मान करना, शादी करने से ही मुकम्मल होता है. मुझे लगता है वो तत्व खो जायेगा. तुम अपने दिमाग का भरपूर प्रयोग करके निर्णय लेना.

तुम्हारा दोस्त

व्योम

इधर अंतद्र्वंद में तो अवनी फंसी ही थी; उस पर ये ईमेल! अब तो माधव काका ही अंतिम सहारा थे. उन्हें मेल पढवा दी. उन्होंने अवनी का मत पूछा. वो भीतर डूबी हुई-सी बोल पड़ी,

“सरसरी तौर पर तो व्योम ही ठीक है पर सच मानो तो उस घर को जरूरत है एक सूत्र की; एक प्रेम भरे सूत्र की जो सबके दिलों को एक इकाई में बांध दे. प्रेम का सूत्र वही तो बन सकता है जिसने भरपूर प्रेम पाया हो. इस संयुक्त परिवार में मुझे असीमित प्रेम मिला. वही ऊर्जा तो मुझे पिछले कटु अनुभवों से उबार लाई. वो प्रेम की ऊर्जा ही तो है जिसने समाज की परवाह किये बिना मुझे ‘वो इक्कीस दिन’ दे दिए. वहाँ मैंने जाना कि थोड़ा भी अभिमान; गलतफहमियाँ और समर्पण की कमी कैसे प्रेमस्त्रोत को सुखा सकती है. सोफी दीदी ससुराल में वही कर रही है जो माँ से सीखकर गई है. पापा रस तलाशते हैं पर उनमें इन्फ़ेरिओरिटी कोम्प्लेक्स आ गया है जिसे वे माँ पर चिल्लाकर पाटने की कोशिश करते हैं. व्योम तो प्रेम से इतना रीता रहा है कि मेरी दोस्ती खोने की कल्पना मात्र से भयभीत है. मैं प्रेमधारा बनकर उस घर में जाना चाहती हूँ काका! माँ को अपने लिए जीने देना चाहती हूँ. उन्होंने बहुत संघर्ष किया है. पापा को स्वादिष्ट खाना बनाकर खिलाना चाहती हूँ. दिमाग से सोचूं तो मुझे और बेहतर रिश्ते मिल जायेंगे पर चुनौतियाँ तो वहां भी होगी, ढलना तो वहाँ भी होगा. फिर क्यों न 25 साल तक मिले प्रेम की वर्षा उस अनावृष्ट घर में करूँ. वहाँ स्नेह का बीज बोऊ, दोस्ती का हल चलाऊँ, भावों की खाद डालूं और प्रेम की फसल पकाऊँ. बात समाप्त करके उसने काका की और देखा. वे गर्व से भरकर बोले, “मुझे अहसास था, मेरी बेटी काँटों भरा रास्ता ही चुनेगी क्योंकि उसे कांटे हटाकर बाग बनाना आता है. मैं तुम्हारे निर्णय पर मुहर लगाता हूँ. बस एक सलाह है बेटा; बीज वपन से फसल पकना एक लम्बी प्रक्रिया है. लगन के साथ धैर्य भी चाहिए. मुझे तेरी सफलता पर पूरा विश्वास है. तू व्योम को ईमेल कर दे; मैं घर मे सबको खुशखबरी सुनाता हूँ.”

2

प्रदूषित

जबसे बेटा विदेश पढ़ने गया और बेटी ससुराल की हुई; जया की दिनचर्या अपने पति मि. माथुर के इर्द -गिर्द केंद्रित हो गई. मि. माथुर की खुशमिजाजी ने उसे बच्चों से हुई दूरी से उबार लिया. मि. माथुर जया की कुकिंग के कायल थे. उनके लिए पचपन साल की उम्र में जया ने माइक्रोवेव कुकिंग सीखी. माथुर साहब के रिटायर होने के बाद तो उनका पूरा समय घर पर ही बीतता. दोनों ने घर के पिछवाड़े पर किचन गार्डन बनाया. सुबह-शाम कई घंटे वे वहाँ काम करते. अपनी मेहनत से उगाई सब्जियों को सराहते.

अचानक एक दिन हृदयाघात ने माथुर साहब के प्राण ले लिए. निष्प्राण-सी हुई जया को पंद्रह दिन तक मित्रों, रिश्तेदारों, बच्चों ने संभाला. अंतिम कार्यक्रम के बाद घर सूना हो गया. बच्चे भी कब तक रूकते.

जया के जीवन का तो मानो सार ही छिन गया. अपने घर में भी डरी-सी रहती. उसकी एक सहेली ने सलाह दी कि वह कुछ बच्चों को अपने घर में बतौर पेइंग-गेस्ट रख ले. उसका काम भी बढ़ जायेगा और घर भी आबाद रहेगा. आजकल पढाई व जॉब के सिलसिले में अक्सर बच्चे बाहर रहते है. उसका अपना बेटा भी तो विदेश में पेइंग-गेस्ट ही रहता था. उसने बाहर बोर्ड लगा दिया. पास वाले अरोडा जी ने आगाह किया कि वे लड़कों को न रखे क्योंकि आजकल लूटपाट, छीनाछपटी की घटनायें

आम है. जया ने बोर्ड पर जोड़ दिया 'सिर्फ लड़कियों के लिए.' उसने बाहर के दोनों कमरों व हॉल में उचित व्यवस्था कर ली. एक सप्ताह के अंदर ही रेणुका; जो नेट की कोचिंग कर रही थी; जया के घर आ गई. सारा दिन वो आंटी-आंटी की आवाजों से घर को गुंजाये रखती. उसने किचन गार्डन को फिर से संवारने में जया की पूरी मदद की. आवश्यक पूछताछ के बाद जया ने दो और लड़कियों को रख लिया. वे दोनों जॉब करती थी. वे रेणुका से उम्र में बड़ी और ज्यादा ही आधुनिक थी. दोनों दिल्ली से आई थी. घर पर भी वे अपने लैपटॉप पर व्यस्त रहती पर जया को पूरा सम्मान देती. जया उन्हें अच्छा नाश्ता व खाना बनाकर देती. दोनों आंटी की कुकिंग की तारीफ करते न थकती.

उन्होंने बताया कि उनकी मम्मी जॉब करती है इसलिए उन्हें न तो कभी घर पर इतना अच्छा खाना मिला न ही कुकिंग सीखने का मौका. जया के दिल का ममता वाला कोना भीग गया. रेणुका अपना बिस्तर व किताबें सब व्यवस्थित रखती थी पर दीपशिखा और न्यासा लेट उठती और ऑफिस जाते समय आंटी से अनुनय करती कि वो मेड से कमरा ठीक करवा दे. जया जब खुद काम करती तो रेणुका कहती "आंटी, उन्हें ये काम खुद करना चाहिये."

"अरे बेटा! राजधानी के भावनात्मक प्रदूषण में दोनों को अपनत्व का माहौल व जिम्मेदारी की शिक्षा नहीं मिली. सीख जाएगी धीरे-धीरे. अब मुझे ज्यादा काम भी नहीं है सो मैं कर देती हूँ." रेणुका अक्सर उसकी मदद करती. एक महीने दीपशिखा व न्यासा ने पेमेन्ट नहीं दिया बोली "आंटी इस महीने सैलरी नहीं मिली. हम आपको अगले महीने पे करेंगे. यू नो; अब घर से लेते हुए भी हैजिटेशन होता है."

जया ने उन्हें संकोच छोड़कर आश्वस्त रहने को कहा. बिजनेस मीटिंग का बहाना करके दोनों पिछले हफ्ते अपने बॉयफ्रेंड्स के साथ टूर पर गई थी इसलिए रूपये नहीं है, ये बात रेणुका जान चुकी थी.

सर्दी में आंटी ने तीनों को गोंद-बादाम के लड्डू खिलाये जैसे अपने बच्चों को खिलाती थी. बारिश में उनका स्वागत पनीर प्याज के पकौड़ों और मसाला चाय से करती जैसे माथुर साहब का किया करती थी.

बहुत संतुष्ट थी जया तभी रेणुका ने शांत झील में पत्थर फेंका.

"आंटी, आप अपने बजट से ज्यादा हमारे खाने-पीने पर खर्च करती हैं. सारा काम खुद करती हैं. और ये दोनों आपसे अपने काम निकलवाती है."

"नहीं बेटा, ऐसा नहीं कहते. मुझे तो दोनों भली लगती है. फिर मैं अपनी ख़ुशी से तुम्हारे लिए कुछ बनाती हूँ."

ऐसा कहकर उसने रेणुका की बात को नकार दिया. दो दिन बाद न्यासा का बर्थडे था. जया ने उसका पसंदीदा केक बनाया, हॉल को सजाया और उसे गिफ्ट भी दिया. खाने के बाद दीपशिखा और न्यासा कॉफ़ी लेकर कमरे में आ गई. रेणुका ने मोबाइल में वीडियो शूट ऑन किया. न्यासा को खुश देखकर दीपशिखा बोली "वाह यार, मुफ्त की पार्टी मिली और गिफ्ट भी. ऐसी इमोशनल बुढ़िया को पटाकर रखना चाहिए. तेरा बर्थडे तो शानदार रहा."

न्यासा ने बात आगे बढाई "दो महीने बाद तेरा और रेणुका का भी बर्थडे है. देखना 'ममता की मूरत' क्या दावत देती है. ये रेणुका तो पागल है जो उसकी मदद करती है. अरे यार हर महीने पेमेन्ट करते है तो खुद क्यों काम करें और जब वो 'जगत माता' दो आंसू बहाते ही पट जाती है." दोनों ठठाकर हँस पड़ी. अगले दिन उनके ऑफिस जाने के बाद रेणुका ने जया को वीडियो दिखाया. उन्हें विदा करने का मानस बनाते हुए जया सोचने लगी कि इससे तो लड़कों को ही रख लेती जो भौतिक सामान ही तो खुलेआम लूटते.

3

वासंती

यादवाश्त पर बहुत जोर डालने पर उसे याद आया कि इस बसंत पंचमी पर वह पूरे अस्सी साल की हो जायेगी . दद्दा ने उसका नाम वासंती रखा था. जिस साल देश को अंग्रेज आजाद कर गये, उसी साल वह शादी के बंधन में बंधी. पर वो जहाँ भी गई उसने एक ही माहौल देखा – अपनेपन का, प्रेम का. बड़े-बड़े खेत खलिहान, बड़ी हवेली, ढेर सारे गाय-भैंस और मिट्टी में खेलते बाल-गोपाल. घर में वोपांच बहुएं थी. सबने चार-चार टाबर जने थे. बड़ी चूल्हा-चौका देखती. दूसरी के कपड़े दूध, माखन, मठ्ठे से महकते रहते. दोनों मँझली धान पीसती, मसाले कूटती. सबसे छोटी आंगन में बैठी पीतल के बरतनों को राख़ से चमकाती. सबमें बहनापा था. हँसते-गाते मिलजुलकर सारा दिन काम में लगी रहती.

घर का बड़ा बेटा पढ़ा-लिखा था. सरकारी नौकरी में था. उसने पिता से बात की अब जमाना बदल गया है. बच्चों को शहर में पढ़ने भेजना चाहिए. सभी बच्चे पढ़कर ऊँचे ओहदों पर पहुँच गए. ब्याह हुए. शहर की बहुएं आई. उन्हें अपनी बड़ी सास के चूल्हे का धुँआ आंसू देता. दूसरी सास के कपड़ो से उबकाई आती. मंझली दोनों सास का काम तो उन्होंने शहर से चक्की मंगाकर आसान कर दिया. उन्हें छोटी सास की तरह अपने हाथ काले करना मंजूर न था. अतः शहर से बोरा भरकर स्टील के बर्तन और धुलाई का पाउडर मंगवाया गया. फिर भी देर-सवेर एक-एक करके सब शहरों में रहने लगी. बेटियाँ ससुराल की हो गई.

बड़ी हवेली में सन्नाटा -सा रहने लगा. उम्र हावी थी सो पहले की तरह उनके हाथ-पैर नहीं चलते थे. बेटे-पोते उन्हें बुढ़ापे में जीवन का सुख देना चाहते थे. अपने-अपने माँ -बाऊजी को वे अपने शहरों में ले गए. हवेली वीरान हो गई. उम्र के पाँच दशक साथ रहने वाली देवरानी-जेठानी तीज-त्यौहार पर भी मिलने को तरसती. पहले होली-दीपावली को बेटे टेलीफोन पर बात करवा देते थे. पर जबसे जायदाद के बंटवारे का मामला कोर्ट तक पहुँचा, वे अपनी-अपनी दहलीज में सिमट कर रह गई. एक-एक करके चारों बड़ी काल-कलवित हो गई. एक वासंती जिन्दा थी नए जमाने के रंग-ढंग देखने के लिए. वो डाइपर पहनने वाली अपनी चौथी पीढी को देख रही थी. अपनी जवानी में जो चीजें उसकी कल्पना में भी नहीं थी, उन्हें देख -देखकर वो आश्चर्य से भर जाती. उसके बेटे का फोर bhk फ्लैट था पर उसमें न आंगन था न छत थी जहाँ कोई पापड़ -मंगोड़ी बनाये या नींबू के आचार का मर्तबान रखे. कोरी मटकी की महक के लिए उसका नाक तरस गया था. जाने कितनी दीपावली वो मिट्टी के दीयों बगैर पूज चुकी थी. पोता दूर तक चक्कर लगा आया पर उसे गोवर्धन पूजा के लिए गोबर न मिला. अमावस्या पर पितरों की धूप लगाने के लिए कण्डे नहीं मिलते थे. जो चीजें उस हवेली में सर्वत्र सुलभ थी वो यहाँ पैसे देने पर भी नहीं मिलती थी. मशीन चलाते ही कपड़े साफ, घर साफ. जब गाँव में कोई शादी-ब्याह होता तो पूरे गाँव की दावत होती. सौंधी मिट्टी पर बैठकर, हरी पत्तल में खालिस घी का मोहनथाल, लड्डू, हलवा व पूरी परोसे जाते. मिट्टी के कुल्हड़ में रायता पीना उसे आज भी याद था. यहाँ तो अब सब होटल में जाते है. पोता बता रहा था कि बहुत पैसा खर्च होता है वहाँ.

पहले कई महीनों में चिठ्टी-पत्री आती थी. तब जाकर मायके का, अपने-परायों का हाल-चाल मालूम होता था. उसके लिए सबसे बड़ा अजूबा मोबाइल था जिससे कभी भी कहीं भी बात हो जाती थी. जब कभी भी बेटा बहुत थका या उदास होता, उसकी गोद में सिर रखकर आँखे मूंद लेता. उसे ऐसा लगता मानो उसका ये मुन्नू कभी बड़ा ही नहीं हुआ. अब भी वो उसे बाहों में समेट सकती है, दुलार सकती है, उसका माथा सूंघ सकती है. तभी उसका मोबाइल बज उठता और वह बात करता बाहर

निकल जाता; उससे कोसों दूर. जब कभी पोते की बहू उससे बतियाती, वो अपने गांव की बातें उसे बताती. कितनी ही बातों पर वह आश्चर्य करती, कभी खिलखिलाती; तभी मोबाइल बजने पर वह व्यस्त हो जाती, वासंती की यादें अधूरी छोड़कर. उसे वह जोड़ने का साधन कम तोड़ने का साधन ज्यादा लगता था. अकेलेपन से ऊबकर वह सोचती कि फिर से घर में पीतल के बर्तन आ जाये और वह घंटों आंगन में बैठी उन्हें राख से चमकाती रहे.

4

अलौकिक प्रेरणा

घर से ऑफिस तक पूरे रास्ते हितेश यही सोचता रहा कि अचानक हिमानी को फाइन आर्ट्स में एडमिशन की क्यों सूझी. ऑफिस पहुँचने पर ड्राईवर के टोकने पर उसके विचारों की कड़ी टूटी. अपनी इकलौती युवा होती बेटी की एक -एक बात वो प्यार से समझना चाहता था. क्योंकि पत्नी शोभा का नजरिया हर बार कुछ ज्यादा ही व्यवहारिक होता था. 'शाम को खुलकर बात करेंगे', ये सोचकर वो ऑफिस के काम में रम गया. शाम के खाने के बाद उसने हिमानी से फिर उसके भावी कॉलेज व सब्जेक्ट के बारे में पूछा. वो जितनी सहजता से बोली कि सुबह बताया तो था शोभा उतनी ही बेरुखी से झल्लायी "आजकल कौन आर्ट्स लेता है. मेरी सब सहेलियों के बच्चे कितने करियर कांशियस है. तुम पहले बी बी ए करोगी फिर एम बी ए. इतने बड़े बिजनेस की तुम अकेली वारिस हो, तुम्ही को सम्भालना है आगे.

इस तुगलकी फरमान पर रूआंसी हुई हिमानी सदा की तरह हितेश को अपेक्षापूर्ण दृष्टि से देखने लगी. हितेश ने बात सम्भाली "एम बी ए तो आर्ट्स ग्रैजुएट भी करते है. यू जी के सब्जेक्ट बच्ची की पसन्द के और पी जी के माँ की पसन्द से."

शोभा बड़बड़ाते हुए हॉल से निकली "बिगाड़ दो बेटी को, मेरी तो कोई सुनता ही नहीं." ख़ुशी से उछलती हुई हिमानी बोली "थैंक्स पापा! मेरे सारे क्लोज फ्रेन्ड्स आर्ट्स कॉलेज जायेंगे और सूरज तो ड्राइंग का

मास्टर है. आई डोन्ट वाना लूज़ दियर कंपनी. थैंक्स फर सपोर्टिंग मी."

बेटी की परवरिश में हितेश की मानसिकता स्पष्ट थी कि जब संविधान तक 18 वर्ष की आयु में उन्हें मतदान का अधिकार दे देता है तो करियर सम्बन्धी निर्णय भी उन्हें खुद लेने चाहिए. बच्चों को मार्गदर्शन दो, अनावश्यक दखलंदाजी न करो. वैसे ये सूरज नाम उसे ज़रा खटका पर वो अपनी परवरिश व दिए संस्कारों के लिए आश्वस्त था कि हिमानी कभी मर्यादा का उल्लंघन नहीं करेगी. रहा आकर्षण या प्रेम - तो इस उम्र में यह स्वाभाविक था अतः उसे खुद सीखने दो. इन दिनों हिमानी कभी लॉन में लैंडस्केप चित्रित करती मिलती तो कभी अपने कमरे में कैनवास पर व्यस्त दिखती. हथेलियों में रंग-बिरंगे शेड्स लगे होते, वहीं चेहरे पर उत्फुल्ल मुद्रा और दिल में एक ख़ुशी का ज्वार-सा उठा होता. एक दिन सन्डे को भी नीचे नाश्ता करने नहीं आई. शोभा उफनती-सी बोली "हजारों-लाखों इस पर खर्च करती हूं पर न जाने उन बीस-तीस रूपये के रंगों में जान बसाये बैठी है आपकी लाड़ली. ऐसी पेंटिंग्स की जगह कबाड़ या फुटपाथ है."

हितेश को शोभा के बड़बोलेपन व दौलत के दिखावे की आदत थी. मुसकराकर रह गया वह. शोभा ने इतना-सा ही तो डूबकर देखा था जीवन को. अब सतह पर खड़ी वह भावनाओं का ज्वार कैसे समझती. हिमानी का नाश्ता लेकर हितेश उसके कमरे में पहुँचा. वह चहक-चहक कर अपनी पेंटिंग्स उसे दिखाने लगी. खुद ही कमियाँ भी बताती. बातों-बातों में बोल गई "मेरे हाथों में वो सूरज वाला जादू कहाँ?"

हितेश ने उसे समझाया कि कोई भी कला हो अभ्यास से ही सधती है. फिर कला तो ईश्वरप्रदत्त उपहार है. सूरज को थोड़ा ज्यादा मिला है पर नकल या प्रतिस्पर्धा से कभी कोई आगे नहीं बढ़ सकता. हिमानी उसका एक-एक शब्द ध्यान से सुन रही थी. वो बोला "तुम वही बनाओ जो तुम्हें अच्छा लगता है न कि वो जो सिलेबस में सीमित है या सूरज बनाता है. ऐसे तो तुम अपनी मौलिकता खो दोगी. कला को भी कोई बन्धनों में बांध पाया है भला." अब शब्दों की कोई जरूरत नहीं थी, वो भीगी पलकें लिए हितेश के गले लग गई. तमाम दौलत- शोहरत के बावजूद ये हितेश की सबसे बड़ी पूँजी थी.

ग्रेजुएशन के बाद न चाहते हुए भी हिमानी को शोभा की जिद मानकर एम बी ए में दाखिला लेना पड़ा. एक दिन रूआंसी होकर हिमानी बोली "पापा! आप सूरज की मदद करेंगे? वो फाइन आर्ट्स में पी जी करना चाहता है और खराब आर्थिक हालात की वजह से उसके पापा-मम्मी चाहते हैं कि वो जल्दी ही कोई जॉब कर ले." हितेश ने उसे दिलासा देते हुए कहा, "कहो बेटा, कैसी मदद. क्या कुछ रूपये पैसे...?" हिमानी बात काटकर बोली, "वो पहले ही मना कर चुका है; नहीं तो मैं अब तक...आप कोई रास्ता निकालिये न, प्लीज."

"ओके बेटा, कल तक बताता हूँ तुम्हे. वैसे उसकी बनाई पेंटिंग्स कितनी होगी?"

"ढेरों हैं पापा! अनगिनत, वो बचपन से बनाता आ रहा है, एक तो मेरा पोर्ट्रेट भी बनाया है उसने" कहते हुए थोडा लजा गई हिमानी. अगले ही सप्ताह शहर के प्रसिद्ध 'कला मंच' ने जोर-शोर से www.newtalent.com नाम से एक नई वेबसाइट लांच की जिसमे युवा पेंटर्स की पेंटिंग्स की प्रदर्शनी कला मंच के ऑडिटोरियम में लगाई जानी थी. मामूली-सी तय रजिस्ट्रेशन फीस चुकाकर सूरज ने आवेदन कर दिया. निर्धारित दिन वो अपनी पेंटिंग्स के साथ ऑडिटोरियम में था. हिमानी और सारी मित्र-मण्डली भी उसके साथ थी. वाकई कला की देवी का वरद हस्त उस दिन सूरज के सिर पर था. उसने सपने में भी अपेक्षा नहीं की थी. उसकी सारी पेंटिंग्स बहुत ऊँचे दामों पर बिकी. शहर का लोकल मीडिया उसकी शान में कसीदे काढ़ रहा था. अब वो निश्चिन्त होकर पी जी कर सकता था.

कितनी गौरवान्वित थी हिमानी अपने पापा पर; बोली "पापा आपने एक शब्द बोले बिना, परदे के पीछे रहकर सारा काम बना दिया. आई एम सो हैप्पी." हितेश ने गम्भीरता से कहा "बेटा! तुम्हें भी इतना ही खामोश रहना है. ये कलाकार लोग बहुत स्वाभिमानी होते है. कुछ अलग ही रसायन के बने होते है. उसे थोडा भी आभास हो गया कि ये एक्सिबिशन हमारी प्लानिंग थी तो उसके अंदर का कलाकार उसे प्रतिपल धिक्कारेगा और वो जिंदगी भर तुम्हारा मुँह तक नही देखेगा. शायद पेंटिंग करना भी छोड़ दे. अतः इस बात को इसी क्षण भूल जाओ."

एम बी ए के लास्ट सेमेस्टर तक हिमानी ने पापा का ऑफिस ज्वाइन कर लिया था. शोभा नित्य उसके लिए ऊंचे व अमीर घराने के रिश्ते देखती. पर हिमानी जैसी अचल लड़की को तो सिर्फ सूरज की तपिश ही पिघलाती थी. हर बार सूरज से इस उम्मीद से मिलती कि शायद अब तो वो कुछ कहे. रंगों व कैनवास को हटाकर उन दोनों के भविष्य के बारे में योजना बनाये, कोई तो वादा करे. हिमानी हंसती कि ये कलाकार इतने रूखे और जुनूनी क्यों होते हैं. एक तरफ ढेर सारे रंगों से कैनवास पर जीवन्त चित्र बनाते हैं और सामने कोई पल-पल प्रेमाह्वान कर रहा हो, कितने बेखबर-से रहते है.

जब शादी के लिए माँ का दबाव बढ़ने लगा तो हिमानी ने सूरज से बात की. सूरज थोडा सकते में आ गया, बोला "हिमानी ! मैने तो कभी कोई संकेत नहीं दिया कि मैं तुमसे शादी करना चाहता हूं. मैं पूर्णतः पेंटिंग को समर्पित हूँ, तुम्हे कुछ नहीं दे पाऊंगा. तुम मेरी सबसे अच्छी मित्र हो, मेरी अलौकिक प्रेरणा भी पर सांसारिक धरातल पर मैंने हमारे वैवाहिक जीवन की कभी कोई कल्पना नहीं की. मैं शायद ही कभी किसी के भी साथ वैवाहिक बन्धन में बन्ध पाउँगा."

घर पर हितेश के गले लगकर फूट-फूटकर रोई हिमानी. "पापा, कितने सपाट तरीके से उसने ना कह दी. इधर मैं, पिछले पांच साल से सिर्फ उसी के बारे में सोचती रही. उसकी विपन्नता में भी अपनी समृद्धि देखती, उसकी बेरुखी में भी प्रेम ढूंढती. उसके लिए आप लोगों को, बिजनेस को छोड़ने को तैयार थी."

हितेश ने उसे चुप किया और बोले, "इसका मतलब तुम उससे अपने एकतरफा प्रेम का प्रतिदान चाहती हो. प्रेम ऐसा तो नहीं होता बेटा! यहाँ तो बस तुम्हारा ईगो हर्ट हुआ है; तुम्हारी अपेक्षा खण्डित हुई है कि उसने तुम जैसी खूबसूरत, अमीर और सच्चरित्र लड़की का प्रस्ताव ठुकरा दिया. जिसे तुम प्रेम मानती रही, उसके लिए वो अलौकिक मित्रता है. ये उसका उच्च मानसिक स्तर है बेटा. हर सधा हुआ कलाकार तपस्वी होता है. उसे अपने तप में विघ्न नहीं चाहिए."

हिमानी बात काटकर बोली "यही तो पापा; मैं तो उसे सपोर्ट करना चाहती हूँ, पत्नी बनकर, साथी बनकर. तब भी तो हमने कला मंच के

माध्यम से उसे सपोर्ट किया था ना." "हिमानी बेटा, बेकार जिद न करो. ऐसे प्रलोभनो से तुम उसे प्रसिद्धि और सफलता दिला सकती हो पर उसके व्यक्तित्व का विकास कुंद कर दोगी. किसी पर आधिपत्य करके, उसे तथाकथित प्रेम की जंजीरों में बांधना, उसके अंदर के कलाकार की हत्या होगी. तुम्हारे अधीन होकर वह कभी कला की देवी की सच्ची उपासना नहीं कर पायेगा. अगर पच्चीस वर्षों पहले मैं भी तुम्हारी तरह जिद करता तो आज समाज को सुनयना भट्ट सरीखी लेखिका और समाज सेविका नहीं मिलती."

हिमानी की आँखे विस्मय से चौड़ी हो गई, बोली, "वही सुनयनाजी; जिनकी सभी किताबें बेस्टसेलर्स होती है और अनन्य प्रकाशन सिर्फ उन्हीं की किताबें प्रकाशित करता है. अब तो वो राज्य महिला आयोग की अध्यक्ष बनकर महिला सशक्तिकरण के लिए काम कर रही है."

"हाँ बेटा वही; अनन्य प्रकाशन ने भी पच्चीस साल पहले उस नई लेखिका को कला मंच की तरह सपोर्ट किया. कॉलेज टाइम से ही उसकी आँखों में अलग-सी ही रोशनी थी और हृदय में वंचित वर्ग के लिए लहराता दया का अथाह सागर. शहर के सबसे रईस उद्योगपति का बेटा मैं – हितेश साहनी; उसके लिए सिर्फ सबसे अच्छा दोस्त हो सका, पति कभी नहीं . सबका अपना अलग मानसिक स्तर होता है. अनन्य प्रकाशन का सच बताकर मैं उसे इस घर की बहू तो बना लाता, पर उसके अंदर की वो तपस्विनी कभी न खुलकर लिख पाती न ही कभी समाज सेवा के लिए बाहर पग निकालती. पिछले पच्चीस वर्षों से उससे मिला तक नहीं. प्रेम प्रतिदान नहीं चाहता. कितना विकृत होता मेरा प्रेम यदि मैं उसके पर कैंच कर उसे सजी-धजी गुड़िया बनाकर इस घर में ला बैठाता. मैंने अपने ओर सुनयना के साथ पूर्णतः न्याय किया. तुम सूरज के साथ अन्याय मत करो बेटा!" हिमानी का सारा रोष और विषाद इस रहस्योद्घाटन के बाद धुल चुका था. वो मुस्कराकर बोली, "मुझे गर्व है पापा कि मैं आपकी बेटी हूँ और सूरज की अलौकिक प्रेरणा भी."

5

न्याय

आशा और आशिमा जुड़वाँ बहनें थी पर जब दोनों झगड़ती तो लगता कि वे जन्मों-जन्मों की दुश्मन हैं. मम्मी-पापा को पता था कि किशोरावस्था खत्म होते ही ये झगड़े खत्म हो जायेंगे. पर वो हंसी-हंसी में ये कहना न भूलते कि दोनों का ससुराल कम से कम हजार किलोमीटर की दूरी पर ढूंढेंगे ताकि दोनों एक दूसरे का मुँह देखने को तरस जाये. दोनों की पसन्द, रूचि, पहनावा यहाँ तक कि करियर के क्षेत्र भी भिन्न थे. उपयुक्त समय पर दोनों के लिए योग्य वर की तलाश होने लगी. एक सम्भ्रांत परिवार आशा को देखने आने वाला था. आशिमा को पहली बार महसूस हुआ कि आशा से दूर होना कितना तकलीफदेह होगा. आगन्तुक दम्पत्ति अपने दोनों बेटों- प्रारूप और आरूप के साथ आये थे. पहली ही नजर में उन्होंने आशा को पसन्द कर लिया व जाते-जाते छोटे बेटे के लिए आशिमा का प्रस्ताव कर गए. आशा ने चुहल की चौबीस वर्षो तक इस लड़ाकू के साथ रह ली अब भी ये पीछा नहीँ छोड़ेगी. आशिमा को अपनी पसन्द- नापसन्द का खयाल नही था. उसे सिर्फ आशा का साथ चाहिए था. दोनों लड़के सर्वगुणसम्पन्न थे अतः घर के किसी सदस्य को एतराज न था. धूमधाम से विवाह सम्पन्न हुआ.

शादी के दो साल बाद आशिमा की गोद में नन्हा सा बेटा आ गया. आशा पर सवालों की बौछार होने लगी. आशा व प्रारूप दोनों का चेकअप हुआ. आशा की रिपोर्ट सामान्य थी. आरूप ने आशिमा को बताया "शादी

से पहले भैया को ड्रग्स की लत थी इसी का नतीजा है." वो सन्न रह गई "इतना बड़ा धोखा!" हीनभावना व अपराधबोध के चलते प्रारूप फिर से नशे का आदी हो गया. आशा अनिर्णय की स्थिति में थी. एक तरह से तकलीफ असह्य हो चली थी क्योंकि प्रारूप अब गुस्से में उस पर हाथ भी उठा देता था.

आशिमा ने मांग की प्रारूप के हिस्से की सम्पत्ति कानूनी रूप से आशा के नाम पर हो ताकि उसका भविष्य सुरक्षित हो जाये. सास-ससुर इसके लिए राजी न थे. तभी आशिमा ने प्रस्ताव रखा कि वह अपना बच्चा कानूनी रूप से आशा को गोद दे दे. आरूप ये सुनते ही बिफर गया. आशा हथियार डाल चुकी थी. उसकी कोई मांग न थी. बस दिनभर कमरे में बन्द होकर छत को ताकती रहती. भाई लिवाने आया तो यन्त्रवत् मायके चली गई. पर आशिमा तो साक्षात् दुर्गा का रूप धर चुकी थी. अगर वो अपनी सगी बहन को न्याय न दिला सके तो क्या काम की थी उसकी विधिस्नातक की डिग्री. उसने अपने पापा को आश्वस्त किया कि अगर आशा को उसका प्राप्य नहीं मिला तो वह उस परिवार को भी सुख से वंचित कर देगी. उधर प्रारूप ने आपसी सहमति से तलाक लेने से इंकार कर दिया तो आशिमा ने नपुंसकता के आधार पर विवाह को शून्य करार करवा लिया. तिलमिला कर रह गए ससुराल वाले. उन्होंने समाज में, रिश्तेदारी में आशा के चरित्र पर कीचड़ उछालना शुरू कर दिया. आशिमा ने आरूप से तटस्थ रहने को कहा. आरूप ने उसे समझाया "जब आशा का भाग्य ही खराब है तो तुम क्यों अपना वैवाहिक जीवन नर्क बना रही हो?" आशिमा का ब्रह्मास्त्र अभी बाकी था. निःसन्देह वो ये लड़ाई आशा के लिए लड़ रही थी पर उसे तो समस्त सताई हुई स्त्रियों से समानुभूति थी. उसे सबके लिए न्याय चाहिए था. वह बच्चे सहित मायके आ गई और आरूप को उसकी भावनात्मक नपुंसकता के लिए तलाक के पेपर भेज दिए.

6

अभिशाप

"कम आन मम्मा! कब तक यूं ही डर के साथ जीती रहोगी. अब साइंस ने बहुत प्रोग्रेस कर ली है; फिर आप तो एजुकेटेड हो." साक्षी ने मचलते हुए रंजीता से फरमाइश की "अब मुझे वो तीखे वाले पकोड़े खिलाओ और मेरे लिए आचार की सारी वेराइटीज पैक कर दो, आकाश मुझे लेने आता ही होगा."

आदर्श माँ की तरह रंजीता साक्षी की इच्छा पूरी करने के लिए किचन में घुस गई. बेटी उसी शहर में ब्याही हो तो माँ उसके सारे लाड-चाव पहले की तरह ही कर सकती है, तिस पर अभी-अभी साक्षी ने कन्सीव किया है. तीखा खाने का मन तो होगा ही. पर वो डर अब रंजीता के दिल-दिमाग के साथ-साथ जैसे उसके हर रोयें में आ बसा है. पचास पार कर चुकी रंजीता जब पांच वर्ष की थी तब से वो माहौल उसके अस्तित्व के साथ चिपक-सा गया था. आकाश व साक्षी के जाने के बाद उसने चीनू को पकोड़े खिलाये; मुँह साफ किया और व्हील चेयर पर उसे गार्डन में घुमाने ले गई. डॉक्टर साहब क्लीनिक से देर से ही आते है अतः वह फुर्सत में थी. रोजाना की ही तरह 28 वर्षीय चीनू गार्डन में बैठा फूल, पत्ती, तितली की ड्राइंग बनाता और माँ की शाबासी पाने की अपेक्षा से उसे देखता. रंजीता के मुस्कराते ही हो-हो करके हँसता और ताली बजाता. रंजीता उसके मुँह से गिरती लार को बार-बार पोंछती. नाती के आने की ख़ुशी तो उसने अब तक नहीं मनाई थी. उल्टे बार-बार दुश्चिंता के बादलों में घिरती जाती थी कि कहीं

साक्षी भी अपनी माँ और नानी की तरह वो खानदानी अभिशाप झेलेगी. न वो अपने जने को छोड़ पायेगी और न उसको दीर्घायु होने की दुआ दे पायेगी. उसका जीवन भी एक कैद बनकर रह जायेगा.

अतीत की घटनाओं की परत दर परत खुलने लगी थी. उसने अपने पांचवें वर्ष से शुरू किया. माँ ने बताया कि जब वो दो वर्ष की थी तब गोविन्द का जन्म हुआ. दादी ने चाव से कुँआ पुजवाया, बड़ा भोज किया, बहू को ढेरों आशीर्वाद दिये. पर तीन वर्ष का होने पर भी जब गोविन्द ने न चलना सीखा न ही एक अक्षर बोलना तो दादी ने उस नन्ही जान का बहिष्कार-सा कर दिया. माँ पर तानों की बरसात होने लगी. "अपने मायके के देवताओं का दोष लेकर आई है इसीलिए ऐसा पागल जना है. खबरदार जो इस जड़भरत की तीमारदारी में घर के काम का अनदेखा किया तो. आया सावन पूजा न्हावन; कोई पहाड़ नहीं गिरा है और जन लेना बेटे."

गोविन्द पर मक्खियां भिनकती रहती, मल-मूत्र में लिपटा रहता, भूख-प्यास का होश नहीं. माँ की आत्मा किलकती, आँखे आंसू बहाती पर बीस लोगो के संयुक्त परिवार के काम में लगी रहती. रंजीता ने चीनू को जन्म तो 22वें वर्ष में दिया पर गोविन्द की माँ तो वह 5-6 वर्ष की थी तभी बन गई. माँ चुपचाप उसे गोविन्द के लिए खाना देती, साफ कपड़े देती. नन्ही रंजीता ने भाई को खिलाना-नहलाना, दुलारना-सम्भालना सब सीख लिया. उसके एक मामा का भी यही हाल था पर नानी शायद खुशकिस्मत थी कि वो बच्चा सिर्फ आठ साल ही जिया. पर गोविन्द ने पूरे चालीस वर्ष इस संसार में सांस ली. दादी उसे कोसते-कोसते खुद संसार त्याग गई पर गोविन्द को तो उतना ही जीना था जितनी साँसे भगवान ने गिनकर उसके निमित्त रखी थी. छः भाई -बहनों में रंजीता सबसे सुंदर और होनहार थी. भाई की देखभाल करते-करते ही उसने बी एस सी की.

इक्कीस वर्षीया वो नवयुवती विवाह योग्य हो गई थी. दान-दहेज के लिए ज्यादा पैसा पिताजी के पास नहीं था अतः वह अपने स्तर का ही वर ढूंढ रहे थे. तभी एक दिन श्रीवास्तव परिवार उनके यहाँ चाय पर आया. श्रीमती श्रीवास्तव तो रंजीता की सुघड़ता, कर्मठता और सौंदर्य पर ऐसी

रीझी कि हाथों-हाथ अपने डॉक्टर बेटे यतीश का रिश्ता पक्का कर गई. बाद में उसे पता चला कि उसे कॉलेज आते -जाते देखकर यतीश ने खुद अपने माता-पिता को रिश्ता लेकर भेजा था. माँ तो ये कहते न थकती कि इसने बचपन से भाई की जो निःस्वार्थ सेवा की है उसी का इतना अच्छा फल भगवान ने दिया है. अब तो बेटी राजरानी बनकर रहेगी. विदाई के समय गोविन्द को दुलारकर रंजीता खूब रोई. उसे ससुराल में बहुत प्यार मिला. दो वर्षो के अंदर चीनू गोद में आ गया. डॉ यतीश की नजरों से ये छिपा न रहा कि चीनू भी गोविन्द की तरह मानसिक विकृति का शिकार है. बस उस दिन से आज तक चीनू को कभी उनकी प्यारभरी दृष्टि तक न मिली. रंजीता की सास ने उसकी दादी वाली भूमिका बखूबी निभाई. उसकी कोख में खानदानी विकृति बताई, देवताओं का दोष बताया, यहाँ तक कि तलाक की धमकी भी दे डाली. उसके सुख का साम्राज्य दो वर्ष में ही उजड़ गया. घर के सब नौकरों की छुट्टी कर दी गई. सारा दिन घर का काम करते हुए वो अकेली ही चीनू को सम्भालती. डॉक्टर साहब की बेरुखी उसे तिल-तिल जलाती थी. जब साक्षी गर्भ में आई तो नौ महीने तक उसके प्राण नखों में समाये रहे "कहीं ये बच्चा भी चीनू जैसा...." पिछले पच्चीस वर्षों से साक्षी ही यतीश की दुनिया है. उसे भरपूर दुलार, उच्च शिक्षा और सारी सुविधाएं दी यतीश ने.

रंजीता से एक हद तक पतिधर्म निभा रहे है पर चीनू के लिए उनके जीवन में एक कतरा-भर भी जगह नहीं है. गोविन्द इस दुनिया से जा चुका है. चीनू के हर जन्मदिन पर वह पूजा रखवाती है. उसे ढेरों आशीर्वाद देती है. यतीश की अनुपस्थिति चीनू के लिए कोई महत्व नही रखती. उसकी दुनिया का आदि और अंत माँ ही है पर रंजीता.... क्या विधान है ईश्वर का-एक बेर के आकार का अंश स्त्री के शरीर में कैसे धीरे -धीरे विकसित होता है. नौ महीने तक रोज एक नई अनुभूति. कैसे एक पूर्ण शरीर; माँ के शरीर के भीतर से निकलकर सांस लेता है, उसे सृष्टा होने का मान देता है; उसके स्त्रीत्व को परिपूर्ण करता है. क्यों नहीं उसे डॉ साहब जैसा मजबूत मन मिला जो अपनी ही सृष्टि को इतनी बेदर्दी से नकार दे. उसने नियति मानकर सब स्वीकार कर लिया पर ये नया डर.... उसने और माँ ने तो सह लिया पर साक्षी.... उसे लगता इन

नौ महीनों में वो पागल हो जायेगी. एक दिन साक्षी का फोन आया" माँ! आज आकाश की जरूरी मीटिंग है, आपको मेरे साथ डॉक्टर के चलना है." साक्षी ने शायद पहले से डॉक्टर से बात कर रखी थी. माँ-बेटी सीधे सोनोग्राफी सेक्शन में पहुँचे. डॉक्टर ने स्क्रीन पर 'बेबी' के सारे मूवमेंट्स रंजीता को दिखाए. उसे डबल मार्कर टेस्ट की रिपोर्ट सही बताकर पूर्ण आश्वस्त किया कि बेबी पूरी तरह से नॉर्मल है. बाहर आते ही साक्षी माँ से लिपट गई और बोली" अब तो तुम निर्भय हो माँ?" ख़ुशी के मारे आँखे गंगा-जमुना बहा रही थी. गाड़ी में बैठते ही रंजीता ने ड्राईवर को निर्देश दिया "मन्दिर चलो, मुझे प्रसाद चढ़ाना है."

7

फॉरवर्ड लोग

आज सजल बहुत खुश था. पूरे आठ साल बाद आज रक्षाबंधन के दिन मीनल दीदी उसकी कलाई पर राखी बांधेगी. वो जब दसवीं कक्षा में था, मीनल दीदी ने कॉलेज की पढ़ाई के साथ पार्टटाइम जॉब शुरू कर दी थी. पापा-मम्मी ने रोका था कि जॉब के साथ वह पढ़ाई उतनी तन्मयता से नहीं कर पायेगी. पर मीनल को शुरू से ही ढेर सारे कपड़े, घड़ियाँ व महंगे मोबाइल्स का शौक था. उसने
जल्दी ही इन्स्टालमेन्ट पर स्कूटी भी ले ली थी.

पढाई पूरी होने पर जब उसके लिए विवाह प्रस्ताव आने लगे तो उसने घोषणा कर दी कि वह अपने बॉस से शादी करेगी. उसी दिन घर के दरवाजे उसके लिए बंद हो गए. इसी साल जॉब लगने की ख़ुशी में सजल ने पापा-मम्मी को मनाया था कि उसकी पहली कमाई में दीदी का भी हक़ है अतः वह राखी बंधवाने दीदी के घर जायेगा. मीनल का बड़ा घर देखकर सजल बहुत खुश हुआ. मीनल ने उसे अपना पूरा वैभव दिखाया. बीते आठ साल की बातें की. पापा -मम्मी को याद कर उसकी आँखे नम हो गई. उसने प्यार से सजल की कलाई पर चांदी की बेशकीमती राखी बांधी. सजल को पांच सौ का नोट थाली में रखते कुछ सकुचाहट हुई. तभी उसके जीजाजी आ गए. सबने ख़ुशी -ख़ुशी साथ खाना खाया. बातों-बातों में जीजाजी ने बताया कि कितनी मेहनत से उन्होंने ये समृद्धि प्राप्त की है. सजल बहुत प्रभावित हुआ.

रात्रि होने पर सजल ने विदा मांगी तो जीजाजी बोले "ऐसा कैसे हो सकता है साले साहब. पहली बार घर आये हो, हमें पूरा स्वागत तो करने दो." उनके इशारे पर मीनल पैग बनाने लगी. सजल ने कभी शराब चखी भी न थी. मीनल को पीते देखकर उसका मुँह आश्चर्य से खुला रह गया. मीनल जान गई कि यह अभी मध्यमवर्गीय मानसिकता से बाहर नही आया है. वह बोली "सजल! हाई सोसाइटी में उठते बैठते हैं तो साथ देने के लिए पीना पड़ता है. अब पैसा होगा तो आदतें भी वैसी ही होगी नहीं तो लोग हमें बैकवर्ड समझने लगेंगे. तुम भी धीरे -धीरे सीख जाओगे भाई."

सजल ने निःशब्द ही वहाँ से विदा ली. घर की डोरबेल बजाई. उसे कलाई पर बंधी राखी से शराब की गंध आ रही थी पर चाहकर भी फेंक नही पाया. माँ के दरवाजा खोलने से पहले उसने राखी उतारकर जेब में रख ली.

8

श्रीकृष्ण आये थे

सिर दर्द से फटा जा रहा था. करवटें बदलते- बदलते रात एक बजे नींद आई. सुबह तबियत कुछ हल्की थी. कमलकांतजी ने सोचा प्रकृति ने ये रात को नींद की व्यवस्था न बनाई होती तो इंसान पागल ही हो जाता. चाय की तलब लगी तो पत्नी निर्मला की याद आई. वो थी तो उठते ही गर्म चाय का कप सामने होता था. एक साल पहले उसकी मृत्यु के बाद से खुद ही चाय बनानी पड़ती है. झुंझला उठे कमलकांतजी. जीवन के ये साठ वर्ष ऐसे ही संघर्ष में बीत गए, सुबह चाय बनाने से लेकर रात को सोने तक वही सिर फुटौव्वल. पता नहीं सृष्टि नियन्ता ने सारी परेशानियां उन्हीं की नियति में लिख दी थी.

रिटायरमेंट के बाद सारा समय घर में एकाकी ही गुजरता था. निर्मला थी तो सब सम्भाल रखा था उसने- रसोई का काम, इतने बड़े घर की साफ-सफाई, दोनों के कपड़े व्यवस्थित रखना. घुटने व कमरदर्द की शिकायत रहती थी उसे. उसने कई बार नौकरानी के लिए कहा पर कमलजी को यह फ़िज़ूखर्ची लगता था. साथ ही ये डर सताता कि कब कौन नौकर के भेष में लुटेरा निकले. इतनी मेहनत से कमाया धन लेकर चम्पत हो जाये इसलिए आज भी वे सारे काम अपने हाथों से ही करते है. कच्ची-पक्की बनाकर पेट भर लेते हैं. थोडा-सा बिजनेस क्या जमा; दोनों बेटों सोमेश, रमेश ने अपना रंग दिखा दिया. कनाडा सेटल होकर अपने कर्तव्य भूल गए. हर वृद्ध पिता को सहारा चाहिए होता है फिर ये

करोड़ो को सम्पत्ति भी तो उन्ही की है. कई दिनों से कमलजी उन दोनों को परिवार सहित भारत लौट आने की कह रहे थे या खुद उनके साथ वहाँ बसने को राजी थे. कल रात दोनों ने फोन पर दो टूक शब्दों में कह दिया कि ये दोनों ही बातें सम्भव नहीं हैं. वे चाहे जिसे अपनी सम्पत्ति दें; उन्हें एक पैसा भी नहीं चाहिए. इसलिए कमलजी की पिछली रात उहापोह में गुजरी.

दोपहर के खाने के बाद जब वे आराम करने लगे तो उनके बचपन से अब तक का समय चलचित्र की तरह उनकी आँखों के समक्ष घूमने लगा. उनके पिता द्‌वारकाप्रसादजी शहर के माने हुए अनाज व्यापारी थे. घर में कोई अभाव न था. दो बेटे और दो बेटियों से भरा-पूरा परिवार. उनको अच्छी शिक्षा दिलवाई. दान-धर्म करने और रिश्तेदारों की आवभगत में दिल खोलकर खर्चा होता था. माँ उनसे भी दो कदम आगे. कभी ब्राह्मणभोज तो कभी रिश्तेदारों की दावत. जीवन का आधे से अधिक समय तो उन्होंने रसोई में व्यंजन बनाने में ही गुजार दिया. इसी में उन्हें सुख मिलता था. साधु-संन्यासी उस घर से भरपूर दक्षिणा से तृप्त होकर जाते थे. माँ के बनाये व्यंजनों का स्वाद कमलजी अब तक नहीं भूले थे. दोनों बहनों व स्वयम् कमलजी की शादी में पिताजी ने मुक्तहस्त से खर्च किया. अभी छोटे बेटे आनंद के विवाह की जिम्मेदारी थी पर अचानक हुए हृदयाघात ने द्‌वारकाप्रसादजी के प्राण ले लिए. इधर विक्षिप्त-सी हुई माँ ने तीर्थवास का संकल्प ले लिया. कमलजी हरिद्‌वार में एक कमरा दिलवाकर उनके रहने-खाने की व्यवस्था कर आये. माँ ने तो मानो सारे मोह पर विजय पा ली थी. गंगास्नान और हरिकीर्तन करते हुए एक वर्ष में स्वर्ग सिधार गई.

इधर जब कमलजी ने बहीखाते देखे, व्यापार की खबर ली तो पैरों तले जमीन खिसक गई. उदारमना पिताजी ने कभी दिमाग से व्यापार किया ही नहीं. सब रिश्तेदार मदद लेते पर कभी कुछ लौटाया नहीं. सब ओर सीमा से अधिक खर्च होता तो रोकड़ बचता कहाँ से. व्यापार का पहिया वहीं थम गया. उच्चशिक्षित होने से दोनों भाईयों को अच्छी नौकरियां मिल गई. पिताजी का बनवाया वो बड़ा-सा घर और सोने के जेवर दोनों भाईयों के साझे थे. कमलजी ने आनंद के हिस्से के जेवर

बेचकर उसकी शादी में खर्च कर दिया. जब सुखदा ने गृहप्रवेश किया तो निर्मला को जेवर पहने देखकर जल-भुन गई. जाने आनंद को उसने क्या सिखाया कि वो उनसे बंटवारे की जिद करने लगा. इधर कमलजी ने निर्मला को सख्त हिदायत दे दी कि रिश्तेदारों के आवागमन और दान-पुण्य की सीमारेखा निर्धारित कर लो. माँ-पिताजी की लीक पर चलेंगे तो एक दिन सड़क पर आ जायेंगे. लोग चार दिन बात बनाकर भूल जायेंगे. धीरे-धीरे बहनों ने भी आना कम कर दिया. आनंद पहले ही झगड़ कर अलग रहने लगा था. समय के साथ सोमेश, रमेश और बेटी वसुधा बड़े हो रहे थे. वसुधा आगे पढ़ना चाहती थी पर कमलजी ने ग्रेजुएशन के बाद उसकी शादी कर दी. कौनसा बेटी की कमाई खानी है, जायेगी तो पराये घर ही. इधर स्कूली शिक्षा के बाद दोनों बेटे इंजीनियरिंग करने का सपना पाले थे. दोनों का इंजीनियरिंग करवाने का खर्च लाखों में जाता. क्या गारण्टी थी कि उन्हें मोटी कमाई की नौकरी मिलती ही. मिल भी जाती तो क्या वो आदर्शपुत्रों की तरह सब कमलजी को समर्पित कर देते. जाने कितनी आयु दी है विधाता ने. अशक्त होने पर पैसा ही बेटा बनकर साथ खड़ा रहता है. अगर वृद्धावस्था में कोई रोग लग गया तो इलाज में पैसा तो चाहिए ही. तिजोरी भरी होगी तो बहुएं भी सम्मान करेगी नहीं तो कब जाने खड़े-खड़े ही निकाल दे.

सादे तरीके से रमेश, सोमेश की शादियाँ सम्पन्न हुई. कमलजी को महंगे कपड़े, बड़ा रिसेप्शन और आलीशान होटल में शादी करना फिजूलखर्ची लगता था. जो हैसियत से ज्यादा खर्च करते है वे बेकार ही रिश्तेदारों को आमन्त्रित करते है कि आओ लूट लो सब. दोनों बहने दो-चार सालों के अंतराल में जब आती कमलजी भूमिका बांधने लगते कि इस महंगाई के दौर में कैसे मुश्किल से वे घर खर्च चलाते है और घर बाहर की जिम्मेदारी निभाते है. दोनों नई बहुओं के अरमानों की तो कोई जमीन ही नहीं थी. जब कभी होटल से खाना मंगवाना, घर में गहने पहने रहना, उन्हें कतई बर्दाश्त नहीं था. फिर उन्होंने अपनी गाढ़ी कमाई का कुछ हिस्सा बेटों के बिजनेस में लगाया था. बहुएं ज़रा ऊंचे घराने की थी सो मिजाज की तेज थी. कमलजी सारा गुस्सा निर्मला पर निकालते. जब पोते-पोतियों का एडमिशन शहर के सबसे महंगे स्कूल

में करवाया गया तो कमलजी के सब्र का बांध टूट गया. दो टूक शब्दों में बेटों को कह दिया कि तमाम उम्र उन्होंने गधाखोरी की है. कतरा-कतरा करके ये पैसा जमा किया है. दोनों पति-पत्नी ने मोटा खाकर, मोटा पहनकर ये धन संचित किया है. इधर ऑफिस में कम परेशानियां है जो घर में भी ये झमेले. माँ-पिताजी के बारहवें की रस्म, दोनों बहनों के तीज-त्यौहार, भात, आनंद की शादी, तीनों बच्चों की पढ़ाई और शादियाँ, बाहर सारी नाते-रिश्तेदारी.... अब क्या पोते-पोती तक का भार वे ही उठायें; अब अति का अंत हो गया है. बेहतर होगा दोनों बेटे अलग रहे. जब दुनियादारी सिर पड़ेगी तब आटे-दाल का भाव पता चलेगा. आठ साल से दोनों पति-पत्नी ही इस घर में रह रहे थे. निर्मला बीच में ही साथ छोड़ गई.

बहुत एकाकी महसूस कर रहे थे आज कमलजी. सोचा सारी जिंदगी इंसान परेशानियां उठाकर कमाता है; क्या इसलिए कि जीवन की सांध्यवेला में सब उसे अकेला छोड़ दे. कोई नहीँ आता यहाँ सिवाय वसुधा के. वो भी तो अब प्रोफेसर बन गई है, बच्चे बड़े हो रहे है. पास के शहर में ही रहती है. कभी छुट्टी पर आती है. रूकती नहीँ है. बस 4-6 घण्टे हाल-चाल जाने और वापस अपने घर. निर्मला थी तो कुछ खा-पी भी लेती थी अब तो बस.... पिछली बार आई तो किसी 'शांति कानन' के बारे में बता रही थी. उसके सास-ससुर छः महीने के लिए वहाँ रहकर आये है. आजकल अख़बार में भी विज्ञापन आ रहे है. शांति,सत्संग, अच्छे स्वास्थ्य व आत्मोन्नति के इच्छुक वृद्‌ध वहाँ रहते है. विज्ञापन में कितना बड़ा,रम्य और सुंदर स्थान का फोटो होता है. उन्होंने वसुधा से फोन पर बात की. उसने 'शांति कानन' के नम्बर दिए. सारी जानकारी लेने के बाद कमलजी ने तिजोरी का कीमती सामान बैंक लॉकर में रखा. घर को ताला लगाया. 'शांति कानन' में छः महीने की एडवांस धनराशि जमा करवाई. अंततः अपने पांच-सात जोड़ी कपड़े लेकर वहाँ रहने आ गए. प्रारम्भ के पन्द्रह दिन तो उन्हें बड़े औपचारिक लगे. सुबह की सैर के बाद योग क्लास. हल्के नाश्ते के बाद सत्संग, कीर्तन. दोपहर के भोजन, विश्राम के बाद प्रवचन हॉल में जाना. लाइब्रेरी में एक घण्टा फिर गार्डन में काउन्सलिंग सेशन. सन्ध्या आरती के बाद डाइनिंग हॉल में

सामूहिक भोजन ,फिर परिचर्चा. अंत में अपने कमरे में रात्रि विश्राम. लगा किसी हॉस्टल में आ गए है. जहाँ सब निश्चित है. बीमार होने पर डॉक्टर उपलब्ध है. कमी कुछ नहीं थी पर दिल नहीं लग रहा था. कुछ दिन बाद परिचर्चा के दौरान, भोजन के समय कुछ व्यक्तियों से परिचय हुआ. फिर एक दिन वे सुबह की सैर के समय गार्डन की बेंच पर बैठे एक कागज पर पेन लेकर झुके थे. तभी एक सुदर्शन-सा युवा आकर उनकी बगल में बैठ गया. उसी ने बात आरम्भ की "ताऊजी! मैं आपकी मदद कर सकता हूँ." कमलजी अचकचाकर बोले "बस, यूँ ही हिसाब देख रहा था कि यहाँ मिलने वाली सुविधाओं का खर्च बराबर है या नहीं. वैसे... तुम कौन हो. पहले नहीं देखा कभी."

“मेरा नाम अच्युत है, मैं यहाँ विजिटिंग काउंसलर हूँ. आप इतना बारीकी से हिसाब लगा रहे है. बुरा न मानिये, कुछ मजबूरी हो तो मैं आपका बिल पे कर दूंगा." युवक की इस बात पर कमलजी को अपनी हीनता का आभास हुआ. दृढ़ होकर; अपनी कमाई सम्पत्ति का, जीवन के संघर्षों का, बेटों की बेरुखी और अपनी अडिगता का पूरा ब्यौरा देने लगे.

"अरे वाह! आप तो सर्वगुणसम्पन्न हैं पर फिर भी कितने वंचित-से है. मुझे आपसे सहानुभूति है." ये कहते हुए अच्युत नमस्ते करके चला गया. उनके गर्व को खण्डित करने वाले ये शब्द पूरे दिन और रातभर उनके कानों में गूंजते रहे. वे जितना इस पर चिंतन करते उतने ही उलझते जाते. अगले दिन उसी समय पर, उसी बेंच पर बैठकर अच्युत का इंतजार करने लगे. अच्युत उनका अभिवादन करके बैठा ही था कि वे गरजते हुए बोले "मुझसे उम्र में आधे भी नहीं हो और वंचित कहते हो मुझे; ऐसी कौनसी पूँजी है तुम्हारे पास?"

अपनी मोहिनी मुस्कान के साथ अच्युत बोला "प्रेम की पूँजी. मैं जिससे भी मिलता हूँ, वे मुझे सुनते है, समझते है, सराहते हैं फिर स्नेह करते हैं. वैसे आपको तो न अपने भाई-बहनों का प्यार मिला, न बच्चों का, न नाती-पोतों का. वो सब निष्ठुर और आप अकेले निष्पक्ष और स्नेहपरिपूर्ण. बात कुछ जमी नही ताऊजी." वो शरारतपूर्ण मुस्कान बिखेरता चलता बना. आज फिर आईना देख लिया कमलजी ने. भाई को पूरा हिस्सा नहीं दिया. बहनों से कभी प्रेम के मीठे बोल नहीं बोले, उन्हें

मान से बुलाया नहीं; उनसे मायके का सत्व ही छीन लिया. बच्चों की परवरिश में भी गिना- गिनाकर रुपया दिया. कण दिया मण गिनाया. बहुओं और दामाद का कभी लाड़ नहीं किया. नाती-पोतों को कभी अपने हाथ से मिठाई नहीं खिलाई. आज सारा पैसा बैंक लॉकर में सड़ रहा है और बच्चे मीलों दूर बैठे हैं.

ज्यों-ज्यों सुबह होने के करीब थी कमलजी की अच्युत से मिलने की बेचैनी बढ़ती जाती. उसके अभिवादन का उत्तर दिए बिना वो धाराप्रवाह से बोलते गए कि पैसा आज के वक्त में सबसे सगा है. माता -पिता तो उन्हें वंचित-सा छोड़ गए थे. उनके इस एश्वर्य की वजह से समाज में उनकी प्रतिष्ठा है. ठठाकर हँस पड़ा अच्युत! उनके इस वृहद विवरण पर फिर मेघ के समान गम्भीर वाणी में बोला "आज आपके माता-पिता को जानने वाले, उन्हें किस रूप में याद करते हैं और आपकी देहत्याग के बाद आपके लिए क्या उद्गार व्यक्त किये जायेंगे?" आज फिर वो एक सवाल पीछे छोड़ गया था. वो इस सवाल से बचने के लिए सबके बीच जा बैठे. जितना दूर भागते उतना वो पीछा करता. रात को भीतर से आवाज आई, "कमलकांत! तुम्हारे माता-पिता की सहृदयता, दानशीलता और निर्मलता जैसे गुणों के कारण लोग उन्हें देवता कहकर बुलाते हैं और तुम्हें एक सनकी कृपण. तुम्हारी परवरिश में उन्होंने कोई कसर नहीं रखी और तुम अपने बच्चों को मनचाही शिक्षा तक न दिलवा सके." अच्युत का श्यामवर्णी तेजस्वी चेहरा और निश्छल बातें उन्हें एकांत में भली लगती पर उसके सामने आते ही वो उग्र होकर बोलने लगते. वो खुद को सही ठहराने के लिए सारे तर्कबाण चलाते.

"आज उसका क्या प्रश्न होगा" सोच ही रहे थे कमलजी तभी वो आ गया. आते ही बोला "आज मेरी अर्धांगिनी का जन्मदिन है सो ज्यादा नहीं रुक पाऊँगा. वैसे अपने अपनी पत्नी को तो सभी खुशियां दी होंगी ना?" कमलजी गर्व से बोले "सेंट्रल पार्क की वो प्याऊ और हरिद्वार के हरिहर आश्रम में एक कमरा मैने उसकी स्मृति में बनवाया है."

"मतलब उनके जीते-जी तो आपने उन्हें कोई सुख नहीं दिया?" ये कहते हुए अच्युत तेज चाल से निकल गया. दोपहर तक उसी बेंच पर बैठे कमलजी की आँखों के समक्ष गठिया से पीड़ित , गृहकार्य करती हुई,

हाँफती-कराहती निर्मला का चित्र आ गया. कितना तरसती थी वो मायके जाने के लिए. कितना रोई थी जब बेटे घर छोड़ कर गए. रोटी, कपड़ा और मकान तो हर पत्नी का हक है पर उससे आगे कमलजी उसे क्या विशेष दे पाये. वो सदा उनकी अनुगामिनी बनी रही. उनके गलत निर्णयों का भी मौन समर्थन करती रही. चाहती तो उन्हें छोड़कर बेटों के साथ जा सकती थी. न कभी उसने मन का पहना, न खाया. वो सही अर्थों में अर्धांगिनी थी और वो सही मायने में सिर्फ पति, कभी भी न मित्र, न प्रेमी, न सखा.

अगले दिन गरजना-बिगड़ना छोड़कर कमलजी रक्षात्मक मुद्रा में आ गए थे. अच्युत के बैठते ही सफाई देने लगे "बेटे! तुम दुनियादारी नहीं समझते. सांप फन न उठाये तो सब उसे मार डालते है. मैं ऐसा कठोर होकर न रहता तो सब मुझे दबाते. ऑफिस में कितनी राजनीति व गुटबाजी चलती रहती है. सारी मलाई वाली फाइलें अफसरों के हिस्से. जहाँ खानापूर्ति और कलमघिसाई, वो सब मेरे जिम्मे. सारे न जाने किस जन्म की दुश्मनी निकालने पर उतारू थे." अच्युत की चिर-परिचित मुस्कान होठों पर आ विराजी. बोला, “इसका मतलब सब पलायनवादी हो जाये, संकीर्ण हो जाये, अपनी खोल में ही सिमट जाये. जीवन को शिकायतों का पुलिंदा बना ले? जो जितना देता है, उतना पाता है. क्या आप अफसरों व सहकर्मियों के साथ विनम्र रहे? अपने अधीनस्थों के प्रति उदार व शिष्ट रहे? कभी उन्हें दोस्त के रूप में देखने की कोशिश की? आज रात अपने चिंतन को एक नई दिशा, नए नजरिये से देखिये. कमलकांतजी की देह से बाहर आकर सोचिये कि क्या आप वाकई अकेले हो इस दुनिया में जिसने इतनी विकट समस्याएं सहन की या राई के पहाड़ बनाना आपकी आदत थी." आज अच्युत का ये प्रश्नरुपी तमाचा उन्हें उतना बुरा नहीं लगा. शाम को ध्यानकक्ष में उन्होंने अभ्यास किया कि देह से परे होकर वह निष्पक्ष उस प्रश्न का जवाब ढूंढ सके. जवाब मिला या नहीं मिला पर शांति जरूर मिली.

अगले दिन नियत समय पर अच्युत आँधी की गति से आया, एक पुरजा थमाते हुए बोला, “आज का चिंतन इसमें लिखा है. मुझे ब्लड डोनेशन केम्प में जाना है." कहते हुए तूफ़ान की गति से चला गया. पुर्जे में लिखा था, "आप समाज के कितने उपयोगी अंग है? देह नश्वर है और

संग्रह क्षणिक. जाने के बाद इस समाज के पास आपकी कौनसी थाती होगी?"

आज रह-रहकर कमलजी को दसवीं क्लास में पढ़ी एक अंग्रेज कवि की कविता याद आ रही थी. भावार्थ था- ओक वृक्ष तीन सौ साल जीता है. फल, फूल, छाया कुछ नहीं देता वहीं लिली का फूल मात्र चौबीस घण्टे जीता है पर अपने सौंदर्य, सुगन्ध और कोमलता से सबको तृप्त करता है. मृत्यु तो चिरन्तन सत्य है. पिछले वर्ष केदारनाथ में सैकड़ो लोग काल-कलवित हुए, इस वर्ष नेपाल में कितने काल के ग्रास हुए. सब खाली हाथ गए, सारा संग्रह धरा रह गया. कमलजी के चिंतन की धारा मानो विपरीत ही दिशा में बहने लगी "क्या दिया मैनें अब तक समाज को. मैं स्वार्थी सिर्फ खुद के लिए जीता रहा. मैं शिक्षित हूँ, अपना ज्ञान और अनुभव तो बाँट ही सकता हूँ. मैं धनवान हूँ, किसी की भूख तो मिटा ही सकता हूँ. आज सारा राष्ट्र वैज्ञानिक कलाम साहब के लिए शोकाकुल है क्योंकि वे सच्चे अर्थों में दाता थे और मैं...?"

खुद से साक्षात्कार करने लगे थे कमलजी. पहले जो सत्संग,प्रवचन, कीर्तन, योग और ध्यान उबाऊ व हास्यास्पद लगते थे अब सरस व अर्थपूर्ण लगने लगे थे. जाने कैसा आकर्षण था अच्युत के व्यक्तित्व में कि उससे बातें करने की इच्छा बढ़ती ही जाती थी. कदम अनायास उस बेंच की ओर खिंचते थे. आज वो उनके लिए सुंदर-सा लाल गुलाब लाया था. "जन्माष्टमी की शुभकामनायें ताऊजी!" वो मुस्कराते हुए बैठा. कमलजी उसे अपनी भावी योजनाएं बताने लगे. "यहाँ लगभग चार महीने तो हो चुके हैं. दो महीने बाद घर जाऊंगा पर ये योग, ध्यान और सत्संग यथावत् करता रहूंगा." एक लम्बे अंतराल के बाद अच्युत बोला " ताउजी! आपकी उम्र सत्तर के आस-पास तो होगी ही न. आपने कभी विचार किया कि आपके अंतिम संस्कार में कितने लोग शामिल होंगे?" इस यक्ष प्रश्न पर कमलजी का मुँह खुला का खुला रह गया और अच्युत उन्हें असमजंस में छोड़कर चलता बना. उन्हें पहले तो उनके माता-पिता की शवयात्रा याद आई. पूरा शहर उलट पड़ा था उन्हें अंतिम विदाई देने के लिए. जिस गली से निकले घरों से पुष्पवर्षा की गई. तीन दिन तक उनके शोक में अनाज मण्डी पर ताले पड़े रहे. निर्मला की अंत्येष्टि के

समय रमेश, सोमेश यहीं थे सो बाहरी लोग न सही कुनबा तो पूरा था. कमलजी स्वयं किसी रिश्तेदार, पड़ोसी के सुख-दुःख में कम ही शामिल होते थे. कौन देगा उन्हें अंतिम विदाई. ज्यादा से ज्यादा जमाई, नाती आ जायेंगे वसुधा के आग्रह पर. देर रात तक वे पिछले सातों दिनों के प्रश्न डायरी में लिखते गए. हृदय के भीतर कुछ कौंच रहा था मानो.

अगले दिन नियत समय पर डायरी लेकर बेंच पर बैठे थे. दिन चढ़ आया पर अच्युत नहीं आया. अगले दिन का इंतजार भी खाली ही गया. पूछताछ कक्ष में जाकर अच्युत के विषय में पूछने लगे. उनकी बौखलाहट पर सब हैरान थे पर कोई उस युवक के बारे में बता नहीं पाया. "विजिटिंग कॉन्सलर्स आते है पर इस नाम के कोई नहीं आये कभी. शायद उन्होंने अपना नाम आपको गलत बताया हो." ये कहकर रिसेप्शनिस्ट ने उन्हें सांत्वना दी. अच्युत को याद करके वे आँसू बहाने लगे. बार-बार कहते "मेरे भटके हुए जीवन रथ को किसी ने पहली बार सही दिशा दी और मुझे धन्यवाद देने का मौका भी नहीं दिया."

जीवन में पहली बार उनका हृदय रोया था, "माँ कहती थी जब हृदय के सात ताले टूटते हैं तब आंसू निकलते है. वो निर्मोही मेरे मिथ्या अंहकार के, दम्भ के असंख्य ताले मात्र सात प्रश्नों से तोड़ गया. इतना अमूल्य पाठ पढ़ा गया और बदले में धन्यवाद की अपेक्षा भी नहीं की निर्लिप्त ने. होगा औरों के लिए वो अनदेखा, अनजान पर मेरे लिए तो साक्षात् श्रीकृष्ण आये थे मुझे जीवन दर्शन सिखाने."

9

बदलते रंग

रूपनगढ़ नामक कस्बे के ब्रह्मपुरी मोहल्ले में आज खासी उत्सुकता और हलचल थी. औसत दर्जे के बने मकानों के बीच 'महेश विला' की बनावट कुछ आधुनिक और आकर्षक थी. आज उसमें बड़े शहर का एक परिवार किराये पर रहने आया था ट्रक से सामान खाली किया जा रहा था. जयदीप और कामिनी सावधानी से सामान उतरवाकर नियत स्थान पर रखवा रहे थे. पड़ोस के घरों की स्त्रियां चुपचाप खिड़की की ओट से जब-तब देख लेती थी. जब भारी सामान की बारी आई तो दोनों मजदूरों ने अतिरिक्त श्रमिक की मांग की. जयदीप उनसे जद्दोजहद कर ही रहा था तभी आसपास जो दर्शक बच्चों का हुजूम लगा, उनमें से तीन-चार बच्चे बिना कहे ही सहारा देने लगे. काम खत्म होने पर कामिनी निढाल-सी सोफे पर लेट गई.

तब तक उनके दोनों बच्चे आयुष और सुहानी भी छत से आस-पास का जायजा लेकर नीचे आ गए. जयदीप ने चाय की मांग की. "अभी तो किचन अरेंज करने में दो-तीन घण्टे तो लगेंगे ही. आयुष, तुम बाहर से स्नेक्स और चाय ले आओ." कामिनी ने असमर्थता दिखा दी. आयुष ने व्यंगपूर्ण हंसी हँसते हुए कहा "मम्मा, पूरे रास्ते देखता आया हूँ, मेकडोंनल्डस और सी सी डी तो दूर की बात है, कोई ढंग का रेस्टोरेंट तक नहीं हैं. कोई डेयरी बूथ ढूंढकर दूध जरूर ला दूंगा. पापा को भी यही जंगल मिला था रहने के लिए."

तभी हाफ पेंट और बनियान पहने शर्माता हुआ-सा एक किशोर अंदर आया. उसके हाथ में केतली और चार कप थे. बोला, "चाचीजी, हम पासवाले घर में रहते हैं. मेरी मम्मी ने चाय भेजी है और आपका शाम का खाना उधर ही बन जायेगा." उत्तर की प्रतीक्षा किये बिना वो चाय रखकर चला गया. जयदीप ने सबको चाय दी. पहला घूंट पीते ही सुहानी ने मुँह बनाया "इसमें तो तिगुनी चीनी डाल रखी है." माँ बेटे ने भी मुंह सिकोड़कर कप रख दिए. जयदीप को थकानवश वो चाय किसी सञ्जीवनी से कम नहीं लगी. 'समथिंग इज बेटर देन नथिंग ' बोलकर उसने चाय खत्म की. तभी कामिनी उबल पड़ी "इतनी घटिया कॉलोनी और ऐसे बेकवर्ड लोगों के बीच घर लेते हुए तुम्हें बच्चों के डेवलपमेंट का बिलकुल ख्याल नहीं आया. सूटेबल कम्पनी बिना मैं दिनभर क्या करूंगी?" जयदीप ने बहस टालने के लिए सफाई दी "अब ग्रामीण बैंक में जॉब है तो रूरल में रहना पड़ेगा. रोजाना अप- डाउन में मेरे छः घण्टे लग जाते फिर बच्चों का स्कूल यहाँ से पास ही रहेगा. हफ्ते भर में तो तुम्हारी बहन मालिनी भी शिफ्ट कर रही है यहाँ. तुम लोग बाहर मिक्स-अप मत होना." कामिनी ने यह सोचकर राहत की सांस ली मालिनी भले ही दस से पाँच तक ऑफिस रहेगी पर वीकेंड पर तो अच्छी कम्पनी रहेगी.

अगले दिन उसे मन मारकर पड़ोस वाले घर में जाना पड़ा क्योंकि काम वाली बाई का पता करना था. पड़ोसन सरोज बहुत शिष्टता से मिली. उसने बताया कि वो अपने घर का सारा काम खुद ही करती है पर को बाई को जानती है सो भेज देगी. फिर उसने पूछ ही लिया कि आसपास की महिलाओं का कोई किटी पार्टी का ग्रुप है क्या. जवाब नकारात्मक था. साथ ही लेडीज टेलर का पता पूछ आई. बच्चे शाम को घर पर बोर होते क्योंकि उनके घूमने लायक कोई जगह ही नहीं थी वहाँ. इंटरनेट की स्पीड बहुत कम थी सो अब सिर्फ टी वी का सहारा था. मालिनी का ऑफिस वहाँ से बमुश्किल दस किमी था सो वह वर्किंग वुमन हॉस्टल छोड़कर वहीं रहने आ गई. आते ही उसने आश्चर्य से पूछा "अरे दीदी! एक हफ्ता आये हो गया, आपने अब तक घर नहीं सजाया. कहां गए वो आपके शोपीस, वो डिजाइनर पर्दे, वो पेंटिंग्स और झालरें. घर कितना बेरौनक लग रहा है."

कामिनी बुझी-सी बोली "यहाँ तो जिंदगी ही बेरौनक हो गई है मालू! मल्टीप्लेक्स, मॉल्स तो भूल जा, बात करने लायक फैमिली तक नहीं हैं. कटस्लीव ब्लाउज सिलवाने गई तो टेलर ने यूं घूर कर देखा कि कोई अनर्थपूर्ण बात हो. मुझे ये डर भी है कि बच्चे अपनी स्मार्टनेस भूलकर इन गवईं लोगों जैसे न हो जाये."

इधर सरोज ने अपने पति से किटी पार्टी के बारे में पूछा. उन्होंने हंसकर कहा कि जिन शहरी महिलाओं का समय नहीं कटता ये उनके चोचले हैं. यहाँ तो घर का काम इतना है कि तुम इन पचड़ों में न ही पड़ो तो अच्छा है. पर सरोज को लग रहा था कि पास ही शिक्षित परिवार रहने लगा है अगर वो और बच्चे कुछ सलीका और तौर-तरीका सीख ले तो बुरा क्या है. इधर जब आयुष अपनी बाइक पर आता-जाता तो मोहल्ले के हमउम्र लड़के, जिनके पास साईकिल तक नहीं थी, उसे हसरतभरी नजरों से देखते. सुहानी जब मिनी स्कर्ट, बरमूडा, टीशर्ट पहनकर छत पर घूमती तो सलवार कमीज पहनने वाली लड़कियां उसके सौंदर्य व स्टाइल पर रश्क करती. मालिनी का रोज बन-संवर कर, गोगल्स लगाकर, स्कूटी पर ऑफिस जाना आस-पड़ोस के युवक-युवतियों को बहुत लुभाता था. जयदीप को बैंक में काम तो नाममात्र का करना होता था पर सैलरी और ऊपर की कमाई भरपूर थी. “कभी-कभी तो मौका मिलता है पैसे बनाने का” - यह सोचकर वह दोनों हाथों से पैसा समेट रहा था. फिर यहाँ मेट्रो सिटीज जैसे दिखावे नहीं थे इसलिए बचत भी अच्छी हो रही थी. वहाँ तो कामिनी और बच्चे 25-30 हजार हर महीने शॉपिंग में ही उड़ा देते थे.

एक दिन मालिनी ने प्रस्ताव रखा कि इस वीकेंड पर घर में बच्चों व महिलाओं की पार्टी रखी जाये. शायद कामिनी को कुछ महिलायें उसके जोड़ की मिल जाये. कामिनी ने कामवाली बाई से आस-पास के घरों कहला भेजा. मालिनी व सुहानी ने वन मिनट गेम व म्यूजिक की तैयारी की. कामिनी ने क्रॉकरी सेट निकाले. हॉल की सजावट की. इधर आयुष एक रेस्टारेंट से स्पेशल ऑर्डर पर चाउमिन व पिज्जा बनवा लाया. सभी मेहमान स्त्रियां व बच्चे अपने सबसे नए व उम्दा कपड़े पहनकर आये थे. पर कामिनी के लोकट, स्लीवलेस ब्लाउज, हेयरस्टाइल और मेकअप

के सामने सब अपना आत्मविश्वास खो चुकी थी. ऐसा ही हाल बच्चों का था. मालिनी ने सबको गेम के राउंड्स समझाये और खिलाएं. सभी आगन्तुक सहज हुए और बढ़-चढ़कर हिस्सा लेने लगे. फिर म्यूजिक के साथ बच्चों ने पेपर डांस किया. अब खाने की बारी आई तो सबका आत्मविश्वास पस्त हो गया क्योंकि उनमें से ज्यादातर इस तरह के भोजन से अनभिज्ञ थे. छोटे बच्चों ने तो बेझिझक हाथ से खाया पर किशोरवय बच्चे व स्त्रियां तो छुरी-कांटे से जंग करते हुए, सलीके का ध्यान रखते हुए आधा पेट ही खाकर घर आये. पर फिर भी वे बहुत खुश थे कि इतने शिक्षित और सलीकेदार परिवार से उनकी नजदीकियां बढ़ रही है. रात में कामिनी, मालिनी और बच्चों ने खूब रस ले लेकर जयदीप को पार्टी के किस्से बताये कि कैसे ज्यादातर महिलाएं तो बगैर पिन लगाये साड़ी लपेट कर आई, बालों में आधा लीटर सरसों का तेल महक रहा था वहीं बच्चों के खाने के तरीके पर भी खूब मीनमेख हुई, खिल्ली उड़ी. पर कामिनी सन्तुष्ट थी कि कम से कम छः-सात महिलाएं तो कुछ बेटर मिली. उनमें से दो तो सरकारी स्कूल में टीचर है- मिसेज मंजुला और मिसेज बीना वर्मा. वहीं रजनी और मोहिनी भले ही ज्यादा शिक्षित नहीं है पर बात करने का तरीका अच्छा है. सरोज ने भी किटी पार्टी ज्वाइन करने में रूचि दिखाई है. आशा से दोस्ती करने में भी फायदा है क्योंकि वह कम रेट में ही टेलर जैसी सिलाई करती है. इस तरह थोड़ी मेहनत लगेगी पर अच्छा ग्रुप तैयार हो जायेगा.

जयदीप के लाख मना करने पर भी कामिनी ने दोनों बच्चों को स्मार्टफोन दिलवा रखा था. उसके अनुसार बच्चे इससे टच में रहते है कि वे ट्यूशन से कब आएंगे, कभी देर भी हो तो चिंता न रहे. एक दिन जयदीप ने आयुष का मोबाइल देख लिया. व्हाट्सएप पर कई दर्जनों लड़कियों के साथ अश्लील चैट थी वहीं वीडियो भी कोई शिष्ट व शालीन नहीं थे. जयदीप ने कामिनी को दिखाया और डांटा. वो सहजता से बोली " रिलैक्स जय! ही इज सेवेनटीन इयर्स नाउ. इतना बवाल करने की कोई जरूरत नहीं है. मामला ऐसा सीरियस भी नहीं है." जयदीप बिफरकर बोला "मामला तो तब सीरियस होगा जब वो पोर्न देखेगा. तुम भी ना ,किटी पार्टी का कीड़ा काटता रहता है. हाउसवाइफ होकर भी बच्चों की

सही परवरिश नहीं कर रही हो. छीन लो बच्चों से मोबाइल्स."

कामिनी ने दिल्ली वाली मौसी से केप्री, टीशर्ट्स, बरमूडा, इनरवेअर्स, नाईट सूट्स और गाउन का स्टॉक मंगवा लिया. बाहर हॉल में डिस्प्ले के लिए रखा. पूरे मौहल्ले के बच्चे व स्त्रियां उस परिवार के ड्रेसिंग सेन्स पर आकर्षित थे सो हाथों-हाथ स्टॉक बिक गया. डेढ़ सौ का कपड़ा दो सौ में बिका. कामिनी तो खुश थी ही खरीददार भी खुश थे कि उन्हें इतने छोटे कस्बे में घर के पास ही आधुनिक और टिकाऊ कपड़े मिल रहे है. अब उनके बच्चे भी अच्छा पहनेंगे. आजकल सब शार्ट ही पहनते है. टी वी पर भी दिखाते है. जब रजनी सुबह नया गाउन पहने घर में घूमने लगी तो उसकी सास ने कामिनी को जमकर गालियां दी. 'आगे नाथ न पाछे जेवड़ो' खुद तो छुट्टी घूमती है, दूसरों की बहुओं को क्यों बिगाड़ रही है. मेरे घर में आजतक बहुओं ने साड़ी पहनी है." कामिनी को दी गालियां रजनी को ऐसी लगी कि उसे ही दी जा रही है. शाम को उससे मिली तो सास का व्यवहार बताते हुए रुआंसी हो गई. कामिनी ने उसे समझाया "देखो रजनी! चौबीस घण्टे साथ रहोगी तो अपनी आजादी और मानसिक शांति दोनों खो दोगी. आज तुम अलग रहती तो कहीं भी कुछ जॉब कर सकती थी. घर के काम में अपना टैलेंट जाया न करती. मुझे देखो साल में सिर्फ एकबार सास से मिलती हूँ. गर्मियों की छुट्टियों में वो भी सिर्फ दो चार दिन के लिए."

रजनी ने आश्चर्य किया कि उसकी सास भी है. तब कामिनी ने बताया कि वो यहाँ से साठ किलोमीटर दूर गाँव में रहती है. उन्हें यहाँ लाकर वो अपनी आजादी खत्म नहीं कर सकती. अब रजनी को कामिनी के सुखी जीवन का राज समझ में आने लगा. अगले महीने ही रजनी परिवार से अलग रहने लगी.

किटी पार्टी की सभी मेम्बर्स के घर आधुनिक क्राकरी खरीदी जा चुकी थी. पुरानी क्राकरी में परोसने से वो कामिनी दीदी वाली सुरुचि नजर थोड़े ही आती. सरोज ने दो टूक शब्दों में अपने पति से कह दिया कि या तो गाय-भैंस को बेच दे या इनके सानी-पानी देने व गोबर उठाने के लिए कोई कामवाली रख लो. अब उससे ये झंझट के काम नहीं होंगे. कैसे उसके हाथ-पैर खुरदरे रहते है, काम करते-करते. कामिनी दीदी के हाथ

पैर देखो मक्खन से गोरे है. यहाँ भी डेरी से दूध, दही आ जायेगा. इस बार मोहिनी के यहाँ किटी पार्टी थी. उसने जिद पकड़ ली कि नाश्ता बाहर से आएगा. उसकी जेठानी ने लाख समझाया कि घर पर ही गाजर का हलवा, समोसे, कोफ्ते और धनिये की चटनी बना लेते है. बाहर के खाने से पेट और जेब दोनों बिगड़ते हैं. वो टस की मस न हुई. "कामिनी दीदी के यहाँ हमेशा बाहर से नाश्ता आता है, हम क्यों अपनी हेठी दिखाए."

आखिर उसी की जिद चली पर जेठानी के मन में सदा के लिए एक गाँठ बंध गई. इधर अर्चना को मालिनी के रूप में अच्छी सहेली मिल गई थी. दोनों शाम को छत पर खूब गपशप करती. अर्चना के बड़े भाई को ये मेल-मिलाप कतई पसन्द नहीं था पर युवती बहन को कितना दबाकर रखें. एक दिन बातों-बातों में अर्चना ने मालिनी को अपना प्रेम-प्रसंग बताया फिर आँसू बहाने लगी. वो लड़का बेरोजगार था सो उसके भैया ने रिश्ता ठुकरा दिया. मालिनी ने उसे विश्वास दिलाया कि जिंदगी जीने के लिए प्रेम ज्यादा जरूरी है; नौकरी तो देर-सवेर लग ही जायेगी. एक बालिग लड़की अपनी पसन्द छोड़कर किसी अनजान के पल्ले क्यों बंधे. मालिनी ने खुद का उदाहरण दिया कि वो तो भविष्य में प्रेम विवाह ही करेगी. उसने अपने मोबाइल से अर्चना की बात उसके प्रेमी से करवाई. आग को हवा मिलती गई. दिन-प्रतिदिन आग विकराल होती गई. अंततः एक दिन मालिनी की मदद से दोनों ने कोर्ट मैरिज कर ली. हाथ मलकर रह गए अर्चना के घरवाले. उन्हें मालिनी के उकसावे का सन्देह तो था पर अब कहने-सुनने को क्या बचा था. दुःख इस बात का था कि लड़का बेरोजगार और निकम्मा था.

आज कामिनी सुबह से जिद पकड़े थी कि सन्डे भी है और बारिश का मौसम भी सो खाना बाहर ही खाएंगे. रोजाना घर का खाना खाकर सब बोर हो चुके है और सबको चेंज चाहिए. तभी जयदीप को याद आया कि उसके बैंक का चपरासी और उसकी वृद्धा माँ अक्सर उसे खेत पर सपरिवार खाने का निमन्त्रण दे चुके है. क्यों न आज फार्म में पिकनिक की जाये. झट से सब गाड़ी में सवार हो गए. सोहनसिंह तो मानो सपरिवार निहाल हो गया उनके आगमन पर. वहीं पर चूल्हा जलाकर उन्हें दूधिया भुट्टे सेंक कर खिलाये. फिर खाने में शुद्ध घी में

आलू प्याज की सब्जी और टिक्कड़ बने; साथ में घर का बना मक्खन और छाछ. जयदीप परिवार सहित अंगुलियां चाटकर खा रहा था. ऐसा शुद्ध, स्वादिष्ट खाना उन्हें किसी होटल में हजारों खर्च करने पर भी नहीं मिलता. वापस लौटते समय कामिनी उनकी छोटी बच्ची को सौ का नोट जबरदस्ती पकड़ा आई. रास्ते भर सब चहकते आये; ऐसी मुफ़्त की दावत किसे बुरी लगती है. जयदीप ने जरूर कहा "कामिनी! तुम्हे कम से कम पांच सौ का नोट तो देना चाहिए था. सौ रूपये के तो हम भुट्टे ही खा गए. शुद्ध घी की रेट पता है तुम्हे." तभी आयुष ने माँ की ओर से सफाई दी कि ऐसे भावुक लोग दिल से काम लेते है दिमाग से नहीं अतः उनके लिए अपना दिल नहीं दुखाना चाहिए. इस बात पर गाड़ी में जोर से ठहाके लगने लगे.

चार दिन से आशा के बेटे ने खाना नहीं खाया . जिद थी कि आयुष जैसा मोबाइल चाहिए. पिता की प्राइवेट नौकरी, माँ कपड़े सिलकर चार पैसे जोड़ती, इतना महंगा मोबाइल कहाँ से लाये. पिता ने दो टूक शब्दों में कह दिया "उसका बाप बैंक में बेहिसाब रिश्वत खाता है सो दिलवा सकता है; यहाँ खून-पसीने की कमाई यूँ लुटाने को नहीं है." जब आयुष को राजन की जिद पता लगी तो प्यार से बोला "यार! मेरी चीज पर तेरा बराबर हक है. तेरा जब मन हो मुझसे लेकर मन बहला लेना." अब रोज शाम चार- पाँच दोस्त गणपति मन्दिर पर जमा होकर आयुष के मोबाइल पर वो सब-कुछ देखते जो उनकी कच्ची उम्र और संस्कारों के लिए अत्यंत घातक था. ज्यादातर दोस्त उसकी देखादेखी पान मसाला भी खाने लगे थे.

दो साल बाद जयदीप को ट्रांसफर ऑर्डर्स मिले. इस बार ज्यादा इंटीरियर में पोस्टिंग नहीं थी सो कामिनी और बच्चे खुश थे कि अब गंवई लोगों के बीच नहीं रहना पड़ेगा. सरोज, रजनी, मंजुला आदि सहेलियां कामिनी से मिलने आई पर किसी ने फेयरवेल दावत की बात नहीं की न ही कोई उपहार लाई थी. इस बार दिल्ली से आया उसका कपड़ों का स्टॉक भी नहीं बिका. सब पास के शहर से वाजिब दाम में खरीददारी करने लगी थी. आखिर उनकी रवानगी वाला दिन आ ही गया. कामिनी ने जयदीप से पहले ही कह दिया था कि पांच-सात हजार खर्च

करके मजदूर न लाये. मौहल्ले के बच्चे सब लोडिंग करवा देंगे जैसे दो साल पहले वे आये थे तब सामान उतरवाया था. दूसरे, लोडिंग सुबह ही कर लेंगे. खाना बनाने में टाइम वेस्ट नहीँ करेंगे. कोई भी उन्हें खाने पर बुला लेगा. ट्रक आ गया. सभी औपचारिक अभिवादन करके निकल गए. किसी ने सामान तो क्या एक कील तक नहीँ उठवाई. हारकर जयदीप मजदूर बुला लाया. कामिनी इंतजार करती रही. किसी ने खाने की तो क्या चाय नाश्ता तक भी नहीँ पूछा. बस हँस मुसकराकर विदा कर दिया. हारकर बाहर से नाश्ता मंगवाना पड़ा. गाड़ी में बैठते ही कामिनी हैरानी से बोली "ये मोहल्ले वालोँ को क्या हो गया. दो साल पहले अलग ही व्यवहार था. इतना स्वार्थ कहाँ से आ गया इनमेँ." जयदीप ने मुस्कराकर कहा " तुम्हें डर था न कि हमारे बच्चे इन जैसे न बन जाये . ये बदलते रंग है. एक्चुअली ये हमारे जैसे मॉर्डन बन गए है."

10

पंचतत्व को मौन आसूओं की विदाई

सखा! तुम्हीं तो हो मेरे पैरों के नीचे का धरातल; बहुत सशक्त, जिसने थाम रखा है मुझे. यूँ ही तो मैंने सखा का संबोधन नहीं किया है. श्वेतांक! हमेशा तुमसे कहती रही कि कभी फुर्सत में तुम्हें मन की सुनाऊंगी. फंसी रही दंभ के पाश में, सांसारिक मकड़जाल में. पर आज जीवन के इस पचपनवें वर्ष में मुझे तुमसे बहुत सी स्वीकारोक्तियां करनी है, जैसे क्रिश्चियन लोग कन्फेशन बॉक्स में उनके धर्मगुरु के समक्ष करते हैं. मैं जानती हूँ तुम कितने भी व्यस्त हो, सब कुछ छोड़कर मुझे सुनने आओगे. इससे बेहतर तोहफा मेरे जन्मदिन पर मुझे कोई नहीं दे सकता. मेरे सात जन्मो के साथी यशवर्धन भी नहीं. देश के नामी उद्योगपतियों में गिने जाने वाले यश ने संसार के सारे भौतिक सुख मेरे क़दमों तले बिछा दिये पर न जाने कौनसी बेचैनी ने मुझे अनिद्रा उपहार में दे दी.

अभी जन्म दिन आने में सात दिन शेष हैं. हमेशा ये होता है कि मैं बोलती रहती हूँ और तुम मोहिनी मुस्कान के साथ हाँ हूँ करते रहते हो पर तुम्हारे सुनने में पतिदेव वाली बेपरवाही नहीं होती! इरादा तो ये है कि पूर्ण साफगोई से तुम्हें अपने सामने बिठाकर सब कुछ बताऊँ पर क्या पता भीतर का भीष्म राजधर्म की ओट में किसी के साथ अन्याय कर बैठे, तो क्यों न एक पाती ही लिख डालूं !

चलो शुरू करते हैं. तीन भाइयों की इकलौती बहन और पापा की लाडली मैं, धीरा - हर असुविधा से बेखबर राजकुमारी की तरह पली. कोई भी इच्छा होठों पर आने से पहले ही पूरी हो जाती. 15 वे साल में मेरा घर से दूर होकर बिरला बालिका विद्यापीठ में पढ़ने जाना, 17 वे साल में साहिल से आकर्षण; छोड़ो ना, ये सब मेरी ऑटोबायोग्राफी में पढ़ चुके हो तुम और चिढाते भी रहते हो, तुमसे वो कहने की आकांक्षा है जो नहीं छपा. साहिल के व्यक्तित्व में एक आग-सी थी जो न केवल मुझे पिघला दे रही थी, बल्कि मेरे पापा, मम्मी और तीनो भाइयों के प्रति प्रेम को अपने चपेट में ले रही थी. उस अपरिपक्वता ने मुझे अपने स्वजनों के प्रति विद्रोही बना दिया. माँ और भाई तो ऑनर किलिंग के इरादे तक पहुँच गए थे.

साहिल आग था वहीं पापा शीतल जल. एकदम स्वच्छ व निर्मल जो सारी मलिनता धोने के लिए ही सिरजे गये हों. मैंने जब जब जितनी भी गलती की, तब तब उन्होंने उससे ज्यादा स्नेह देकर प्रशमन किया. आग कितनी भी प्रबल हो अंततः उसे जल का धीरज जीत ही लेता है. कैसे स्वीकारें वे सनातनधर्मी एक समुदाय विशेष के दामाद को. मेरा दम्भ भी मुझे डिगने नहीं दे रहा था. मैंने एक शातिर दाव खेला. "मुझे उसका धर्म नहीं पता था, अन्यथा में आगे नहीं बढ़ती." आग बुझ गयी सदा के लिए पर ये चिंगारी अब भी सुलग रही है कि मैंने पारदर्शी जल से झूठ बोला जबकि मुझे आग का धर्म पता था. साहिल के कंधे पर सर रखकर उसे मौन आँसुओ की विदाई देना चाहती थी, पर दोषारोपण तो किया था सो क्या ही करती.

पापा के अंतिम समय में उनके सिरहाने खड़ी अनगिनत आँसू बहाती रही पर वो चिंगारी शब्दों में न ढाल सकी, इन सब से अनजान उस शांत मुस्कान के साथ लेटे महात्मा से माफ़ी भी मांगती तो किस बात की?

यश के लिए मेरे सौंदर्य का आकर्षण उसके बिजनेस के आगे फीका था. उसकी जिद के चलते इकलौते बेटे को भी दून पढ़ने भेज दिया. 'यशधीर विला' की दीवारों से कब तक बतियाती. मैंने पी.एच.डी. के लिए एक कॉलेज ज्वाइन कर लिया. सुषिर तब वहाँ असिस्टेन्ट प्रोफ़ेसर नियुक्त हुआ ही था. व्यक्तित्व एक दम पवन समान और ये तेज गति वाली

पवन मुझे न जाने कहाँ उड़ा ले जा रही थी. क्या व्यक्तित्व था सुषिर का! कॉलेज की हर लड़की उस से बात करने का बहाना ढूंढ़ती थी. सुषिर और मेरे ख़यालात समान से थे. खाने से लेकर दिन-प्रतिदिन की बातों तक! वो आगे होकर बात करता, ना सिर्फ प्रोजेक्ट को लेकर बल्कि जीवन के दूसरे पहलुओं के बारे में भी. मुझे तो उसका व्यक्तित्व प्यारा था ही. एक पत्नी और माँ होने के नाते मुझे अपनी सीमा रेखा पता थी. पर मन न जाने कैसे ताने बाने बुन रहा था. सखा! तुम मेरे दर्पण हो, भांप लिया था तुमने और चेताया भी था मुझे 30 वर्ष पूर्व. सुना था हवा कभी, कहीं, किसी के लिए नहीं ठहरती फिर क्यों बावरा सुषिर अविवाहित रहा आजीवन. अपनी लिखी कहानी, कविता, उपन्यास क्यों मेरे नाम से छपवाता रहा. मुझमें तो तिलमात्र रचना शक्ति नहीं है, फिर भी उसने मुझे मशहूर कर दिया. क्या यही विशुद्ध प्रेम होता है जहाँ सर्वस्व समर्पण होता है. और मैं भी स्वार्थी सिर्फ लेती रही मुट्ठियां भर-भर! सुषिर के कृतित्व की छद्म अधिकारिणी बनी रही. यश की कमाई हुई दौलत समाज सेवा के नाम लुटाकर कीर्ति अर्जित करती रही. यश अनंत आकाश बनकर देता रहा, सर्वदा न सिर्फ अपना भौतिक साम्राज्य बल्कि असीम विश्वास भी. आज भी मेरा आकाश अनजान है कि एक बार हवा ने छू लिया था मुझे जैसे पवन देव ने अंजनी को छुआ था. सखा! हजारों बार नहा चुकी हूँ पर उस स्पर्श के अहसास का मैल तन-मन से हटता नहीं. जिस हवा ने अपना सारा यौवन मेरे क़दमों में निछावर कर दिया मैंने उसे ग्लानिबोध करवाया और निर्वासित जीवन जीने को बाध्य कर दिया. वो मुझे इष्ट देवी बनाकर सर्वस्व मेरे क़दमों में अर्पण करके कंगाल सा चल दिया, उसे मौन आंसुओं की विदाई भी ना दे पाई मैं स्वार्थी.

अब क्या कहूँ उस आकाश से जो मेरे सती-साध्वी होने के गर्व से अभिभूत है. मौन आँसू तो उसके कंधे पर भी बहाने हैं पर इतना साहस कहाँ से लाऊँ. तुम्हारा मेरा रिश्ता कृष्ण-द्रौपदी सा है - पवित्रता की मिसाल. देहातीत मन के तार जुड़े हैं जहाँ. कोई अगर पूछे की स्त्री पुरुष दोस्त हो सकते हैं, तो मैं बेझिझक हमारा जिक्र कर सकती हूँ. हमारे रिश्ते में न क्षोभ, न लज्जा, न ग्लानि, न प्रवंचना, सिर्फ सौहार्द्र. आज

कुछ भारमुक्त महसूस कर रही हूँ. इन चार दिनों में मैंने आग, पानी, हवा और आकाश के प्रति अपना अपराध बोध तुम्हें लिखकर अपने मौन आंसुओ को जैसे शब्द दे दिए हैं. इस धीरा धरती के ह्रदय के बोझ को धारण करने की क्षमता तुम्हीं में है सखा!

एयरपोर्ट से बाहर आते ही श्वेतांक ने 'यशधीर विला' चलने का निर्देश ड्राइवर को दिया. धीरा का गिफ्ट किया सफ़ेद जोधपुरी सूट फब रहा था. गाडी रुकवाकर उसने सफ़ेद ऑर्चिड, ट्यूलिप, लिलि और सफ़ेद गुलाबों का बुके पैक करवाया. रास्ते में मेल्स देखने लगा. धीरा का मेल? बड़ें लेडी को वक़्त मिल गया लिखने का! मेल पढ़कर श्वेतांक थोड़ा असहज हो गया, फिर सोचा कि अच्छा हुआ, आज ही वो धीरा से मिलकर उसे चिंता मुक्त कर देगा. इन बातों को ह्रदय में दबाये धीरा कितना छटपटायी होगी इसी लिए उसे बार-बार साइकैट्रिस्ट के पास जाना पड़ा फिर भी बीमारी लाइलाज़ ही रही. गाड़ी यशधीर विला पहुँची, श्वेतांक ने हॉल में देखा धीरा सफ़ेद रंग की चादर ओढ़े सो रही है. खूबसूरत तो थी ही, पर आज चेहरे पर अजीब-सी चमक थी और असीम शक्ति भी. यश के करुण विलाप से उसकी तन्द्रा टूटी. उसने आगे बढ़कर बुके धीरा के चरणों में रख दिया. श्वेतांक ने धीरा के दप-दप करते चेहरे को मौन आँसुओ की अंतिम विदाई दी. पंचतत्व से सृजी गयी, पोषित हुई धीरा उसी में विलीन हो रही थी .

11

चिन्मयी की कलम

शाम की चाय चिन्मयी हमेशा अकेले ही लेती थी. वैसे अब घर में बहू और पोता भी थे पर बरसों से चली आ रही ये आदत वो कहाँ बदल पाई थी. चाय की चुस्कियों के साथ ढलते सूरज से भी संवाद होता था और लैपटॉप पर मेल चैकिंग भी. कितनी सजीव मुस्कान आई उसके चेहरे पर जब उसे अपना 30 साल पहले का वक्त याद आया. किराये के वन bhk फ्लैट की वो छोटी सी बाल्कनी जिसमें एक ओर लकड़ी की पुरानी टेबल और दूसरी ओर 'कभी काम आ जाये' की भावना से सहेजे गए अनुपयोगी सामान; उनके बीच 8-10 वर्ष की धूप-बारिश झेल चुकी वो केन की चेयर. उसी पर बैठ कर तो चिन्मयी लिखा करती थी. विपिन तो मजाक में उस कुर्सी को उसकी 'सृजन संगिनी' कहा करते थे. अनगिनत कहानियां और उसके प्रथम दो नॉवेल उसी पर तो बैठ कर रचे गए थे.

वो तब अपने पसन्दीदा लेखकों को चिठ्ठियाँ लिखा करती थी. प्रकाशकों से पत्र व्यवहार चलता था. वही ढलता सूरज, वही चाय, वही पत्र व्यवहार. फर्क इतना है कि अब उस छोटे फ्लैट की जगह विशाल बंगला है, चिठ्ठियों की जगह मेल्स ने ले ली है और वो एक एंटेरप्रेनुएर न रहकर एक सफल स्थापित लेखिका बन चुकी है. सुकून तब होता है जब उसे नवोदित लेखकों के मैसेज मिलते है कि कैसे उसका लेखन उन्हें प्रेरित करता है. ये बदलाव उसे सबसे ज्यादा आंदोलित करता है. शहर की साहित्यिक गोष्ठियाँ उसके बगैर अपूर्ण मानी जाती है. कितने

सधे होते है उसके शब्द! कैसा कसाव है उसके प्रस्तुतिकरण में! उसका रचा साहित्य किस तरह पाठकों के अंतस को छू जाता है कि वे हर पात्र में अपना अक्स ढूंढते-ढूंढते अनगिनत बार उसे पढ़ते है. चिन्मयी के लेखन की सबसे बड़ी विशेषता है उसकी विषय विविधता. विपिन की ट्रांसफेरेबल जॉब के चलते उसने लगभग सारा भारत घूम लिया था. इस घूमन्तु जीवन ने उसे अनगिनत लोगों से मिलने और उन्हें जानने का अवसर दिया. उसका जीवन दर्शन था कि जिसने एक ढेले को जान लिया उसने सारी मिट्टी समझ ली. क्योंकि खुद से तो वो तब ही मिलने लगी थी जब उसने अपने स्कूल के दिनों में कविता लिखना शुरू कर दिया था.

उसकी तन्द्रा टूटी जब नेहा ने वो लाल गुलाबों का बुके उसके सामने रखा. वही जाने- पहचाने मोतियों से अक्षर.... कल ही तो शुभांश ने उससे थीम पूछी थी. आज कविता लिखकर अपनी आदर्श को भेज भी दी. पिछले सात महीनों से ये सिलसिला चल रहा है. तभी मैसेंजर घनघनाया, "कितने मार्क्स मैम?" उसकी टाइमिंग पर चिन्मयी हैरान थी. जब भी लाल गुलाबों के साथ उसकी कविता आती; उसके कविता पढ़ने तक ये मैसेज भी आ जाता. चिन्मयी ने उसे मार्क्स दिए; कुछ शब्द बदलने के सुझाव के साथ. ये रहस्यमयी युवा कवि प्रशंसक से कुछ ज्यादा हो चला था चिन्मयी के लिए क्योंकि दो-तीन बार कहने पर भी कभी उसने अपना नम्बर और पता नहीं दिया. अब उसे इंतजार रहने लगा था कि कब शुभांश उसकी गद्य रचनाओ को कविता में ढाल देगा या उससे थीम पूछकर कविता लिखकर उसे लाल गुलाबों के साथ भेज देगा. लाल ही क्यों?

चिन्मयी की कलम तभी चलती थी जब वो भीतर से या तो बहुत प्रफुल्लित होती थी या बहुत उदास. जैसे किसी स्त्री के जीवन में मासिकधर्म के दिन होते है, गर्भावस्था का काल होता है वैसे ही उसके लेखन के मूड के भी अनगिनत रंग थे. जब विचार करके लिखने बैठती तो घण्टों बाद भी कागज धवल ही रहता था. जब कुछ आवेग-सा छाती में, पेट में उठ-उठकर आता तब भी शब्द सध ही नहीं पाते थे. कितनी बैचेनी भरे दिन होते है वे. बाहर से सब नॉर्मल पर भीतर.... लगता कि मोबाइल कहीं फेंक दे; सिर्फ पढ़ती रहे, कमेंट कुछ न दे. फिर आती एक

शून्यावस्था. फिर अंततः सन्तुलन... अब कलम उठाने का सही समय. पर ये शुभांश तो कभी चौबीस घण्टे से ज्यादा समय ही नहीं लेता कविता लिखने के लिए.

अतीत की एक याद हूक-सी जगा गई चिन्मयी के अंतस में. फिर जब लाल गुलाब अपने बेड के सिरहाने सजाने लगी तो उस हूक ने बलवती होने का प्रयास किया. अनचाहे ही स्वर्गीय दादाजी का स्नेहिल से कठोर होता चेहरा आँखों के आगे घूमने लगा. एक तो नौ महीनों से लेखन का पतझड़ चल रहा है तिस पर ये हूक. उसने गुलाबों की एक-एक पंखुड़ी निकालकर बाथ टब में पानी की सतह पर लाल चादर बिछा दी. अनगिने मिनट उसमें बिताकर जब उसने भीगा तन पौंछा तो लगा कि मलय की लिखी एक-एक कविता को भी वो जेहन से पौंछ देगीं. अनजाने ही सही उसे गुमनामी का श्राप लगने की हिस्सेदार तो वो थी ही.

आज शाम फिर मेल्स देखने लगी तो सभी का एक ही सवाल था "कब आ रही है आपकी नई रचना. इंतजार में हैं." क्या जवाब दे चिन्मयी. खुद हैरान थी इतना लम्बा उपवास तो उसकी कलम ने कभी नहीं किया था. जाने कब पारणा होगा. खाली बैठो तो अतीत सताता ही है. 30 वर्ष पहले दादाजी की हठधर्मिता ने साहित्य जगत को मलय जैसे कवि से वंचित कर दिया. तभी उसके आगे लाल गुलाबों का बुके मुस्करा रहा था. शुभांश की कविता पढ़ी. एक-एक शब्द उसके जेहन पर अंकित हो गया. शुभांश शाबासी का पात्र था. उसने मैसेंजर पर उसे घर आने का निमन्त्रण दिया. बड़ी विनम्रता से वो इस बार भी टाल गया. चिन्मयी के सन्देह रुपी पौधे की जड़ कुछ और गहरी हुई. कहीं मलय.... गुलाब अब मौन थे. राज़ खोलने का कोई संकेत उन्हें नहीं देना था. मानो भेजने वाले ने सिखाया-पढ़ाया हो. मलय के आँगन के गुलाब भी कितने वफादार थे उसके. उसकी दादी रात को चीन्ह कर सोती कि सुबह मन्दिर में इसे चढ़ाना है. सुबह कॉलेज जाने से पहले ही मलय चाँद की ओट में लिखी अपनी नई कविता लाल गुलाब के साथ उसकी खिड़की से चिन्मयी की डायरी में सरका जाता था. इधर चिन्मयी की गद्य रचना, उधर मलय की उस पर कविता और इधर गुलाब का खिलना. कितने बतियाते थे उसके दिए गुलाब. तभी तो वो नया-नया रोज लिख पाती थी. दादी मरते

दम तक न जान पाई थी कि वो गुलाब कैसे चिन्मयी के आँचल में आकर उसके मन के एक-एक रेशे को सुर्ख लाल करके महकाते है. एक ही धर्म, एक से पारिवारिक संस्कार - माँ पिताजी को तो सहज स्वीकार्य था ये रिश्ता. गुलाबों की महक बढ़ती गई. इस बार गुलाब के मुख पर ये वादा था कि उसकी कलम कोई अन्य विषय पर कभी कविता नहीं लिखेगी. सिर्फ चिन्मयी के गद्‌य ही विषय होंगे. शेक्सपियर के लव सोनेट्स को वो जीने-से लगे थे.

तभी गुलाब पर वज्रपात हुआ. वैदिक धर्मानुसार वर वधू से आयु में बड़ा होना चाहिए. उसके आँसूओं ने सारे सहेजे सूखे गुलाबों को भिगो दिया. क्षोभ भरे गुलाब पूछ रहे थे कि मलय की माँ को पांच दिन पहले प्रसव पीड़ा क्यों न हुई. आखिरी गुलाब ने रोकर मलय के शहर छोड़ने का सन्देश दिया. साथ में एक वादा भी कि वह सुखद जीवन जियेगा पर लिखेगा कभी नहीं पर चिन्मयी की कलम कभी मौन नहीं होनी चाहिए. चिन्मयी का गार्हस्थ्य जीवन और कलम संजीदगी से चलते रहे और सफल भी हुए. पर वो हूक.... वो लाल गुलाबों की भावाभिव्यक्ति.... और मलय का वैराग्य.... जीवन की इस सांध्य वेला में कुछ तो समर्पण करना होगा उसे भी. इधर शुभांश मिलने को तैयार ही नहीं. ऐसी व्याकुलता इस वानप्रस्थी अवस्था में! घण्टा भर शॉवर के नीचे खड़ी रही. लाल गुलाबों ने मौन नही तोड़ा. वाइटरॉब में लिपटी चिन्मयी ने बुके उठाया और पूजाघर में चली गई. मुखमण्डल दृढ़ हो चला था. एक-एक गुलाब निकालकर क्रीड़ा कमनीय युगल सरकार के चरणों में चढ़ाती गई. मानो अब कभी विचलित न होने की प्रतिज्ञा कर रही हो. साथ में कलम की समाधि की मौन प्रतिज्ञा भी हो गई. आश्रय का पदगान कर जब बाहर निकली तो अंतस वाइटरॉब जैसा ही धवल था.

12

उसकी उड़ान

"ऋज्वी! जा बेटा, चौधरी हवेली के पिछले अहाते में भूरी कुतिया ने चार बच्चे दिये है. ये गर्म हलवा उसे खिला आ. दूर से ही रख देना बिटिया. ये मूक जानवर बिना झोली वाले साधु है इनके कौनसा घर-द्वार है." माँ के इन संवादों के खत्म होने से पहले ही किशोरी ऋज्वी ने हवेली की राह पकड़ी. और कोई दकियानूसी बात होती तो वो दस सवाल पहले करती पर ये जीवदया तो उसके रोम-रोम में थी. पिछले आठ दिन से गौरैया के दो अनाथ बच्चे उसके कमरे में उपमा व आटे के प्रसाद पर पल रहे थे. उम्र के साथ-साथ पढ़ाई व जिम्मेदारियां बढ़ती गई पर जीवसेवा के लिए समय निकल ही आता था.

बाऊजी अक्सर मजाक करते थे कि ऋज्वी को दहेज में छोटा-मोटा चिड़ियाघर देना पड़ेगा नहीं तो उसका मन कैसे लगेगा." किसी और से तो नहीं पर अपनी सबसे निकटतम सहेली सुनीति से वो हमेशा कहती थी " मुझे तो जानवर और बेटियां बड़े प्यारे लगते है. भगवान मुझे एक-दो नहीं पूरी चार बेटियां देंगे. उन्हें मैं बहुत सजा- संवारकर रखूंगी और बहुत पढ़ाऊँगी."

सुनीति महसूस कर रही थी कि उम्र की परिपक्वता के साथ उसकी ये जीवदया अब स्त्रियों की समानुभूति तक जा पहुँची है. वो अक्सर उसे किसी संस्था से जुड़ने के लिए प्रेरित करती थी. ऋज्वी पहले से ही 'निमित्त' संस्था से जुड़ी थी जो घायल जानवरों को उपचार उपलब्ध

करवाती थी. जब उसने स्त्री उत्पीड़न के विरुद्ध आवाज उठाने वाली संस्था 'अस्मिता' से जुड़ने की मंशा जाहिर की तो माँ बाऊजी ने सहर्ष स्वीकृति दे दी. तभी किसी रिश्तेदार ने उनके कान में मन्त्र फूंका कि सयानी बेटी इस तरह समाज सेवा में रमी रहेगी तो गृहस्थी के गुर कब सीखेगी और ऐसी नेतागिरी करने वाली के जोड़ का रिश्ता कहाँ मिलेगा. मन्त्र का असर इतना गहरा हुआ कि चार महीने के भीतर ही ऋज्वी सुधीर की पत्नी बनकर ससुराल आ गई. पर फैलाने से पहले ही कतर दिए गए. नई बहू ऋज्वी पहली दो रोटी खूब घी-गुड़ रखकर गाय को खिलाने चली तो सासूमां ने प्यार से समझाया "बेटा, तुम्हारे गाँव की बात और थी, शहर की गायें ये सब नहीं खाती और पापा को बहू का बाहर घूमना पसन्द नहीं है. पल्लू जरा नाक तक तो रखो." ढाई माह तक ऋज्वी ने पेड़-पौधे, पक्षी, जानवर तो क्या धूप और हवा तक नहीं देखी. माचिस की डिबिया सरीखे घर में उन तीन प्राणियों की नकारात्मक बातें सुन-सुनकर वो मुरझा-सी गई.

मायके लौटी तो रुलाई फूट पड़ी. माँ और सुनीति की आँखे भर आई उसकी दुर्दशा पर; पर बिंध गए सो मोती. निभाना ही था. हफ्ते- भर बाद फिर उसी कैद में. उसके नौकरी करने के प्रस्ताव को सिरे से नकार दिया गया. अब मानो पर कैंच दिए गए. सुधीर का तो कोई स्वतन्त्र व्यक्तित्व था ही नहीं. जो मम्मी-पापा कहे वही ब्रह्मवाक्य. उसके हर अनुचित पर मम्मी पर्दे डालती. ऋज्वी के विरोध करने पर वो बवाल मचा देती. ऊपर से बेटा-बेटा कहने वाली वो तथाकथित देवी विशुद्ध सास थी. बेटा मन्दिर में हाथ तक न जोड़े और बहू गर्भावस्था में भी निर्जल व्रत रखे. बेटा दिन चढ़े सोकर उठे और बहू मुँह अँधेरे नहाकर रसोई में प्रवेश करे. खाने में भी भेदभाव. ऐसी देवियां कभी बहुओं की सम्मानपात्री नहीं हो सकती.

बेटी के जन्म पर हर्षित ऋज्वी ने सुधीर से उसका जन्मोत्सव मनाने का प्रस्ताव रखा. पोते की आस पूरी न होने का प्रतिशोध ऋज्वी व नन्ही से लिया गया. "हमारे यहाँ लड़की का न जन्मोत्सव, न जन्मदिन और न ही मुण्डनादि संस्कार किये जाते है." तड़प कर रह गई ऋज्वी इस फरमान पर. हाथ में पैसा तो था नहीं जो मन का करती. अब तो पूरे

पर नोचे जा चुके थे. शब्द जुबान तक आने से पहले बूढ़े माँ-बाऊजी की विदाई पर दी सीख याद आ जाती "बेटा! हम गरीब लोग हैं पर इज्जत बहुत कमाई है; इस थाती को तू सम्भालना." सहोदर भाई बहन थे नहीं. किससे खोलती अपना मन और कैसे लेती कोई बड़ा निर्णय. जब-तब सुनीति से जरूर बातें हो जाती थी. उसके सांत्वना रुपी मरहम से अपने घाव सहेज लेती थी.

चार साल की हो गई थी बेटी आस्था. ऋज्वी का अवसाद बढ़ता ही जा रहा था. बुरे-से ख्याल आने लगे थे. रातों को जागती. सोचती रहती "अगर आस्था को भी ऐसा ही घर-वर मिला तो!" आशंकित-सी उसे छाती से चिपकाये असंख्य बार चूमती और बुदबुदाती "मेरी रानी बेटी! कभी शादी नही करना. हम माँ-बेटी साथ रहेंगे. सबसे दूर अलग घर में." ऋज्वी की इस दशा पर सुनीति को चिंता होने लगी. एक दिन एकांत में उसे समझाने लगी "तुम पहले वाली ऋज्वी से अपनी तुलना करो. क्या सिखा रही हो तुम आस्था को- भय, नैराश्य, कायरता. तुम ऐसी तो नहीं थी." ऋज्वी एक-एक शब्द तौलकर बोली "मैं पगलाई नहीं हूँ बस नियति से हार गई हूं. अपनी बेटी की भाग्यनिर्माता खुद बनना चाहती हूँ. तुम मुझसे सिर्फ एक वादा करो मैं आश्वस्त हो जाऊंगी."

सुनीति हँस पड़ी "हम दोनों की दोस्ती की मिसाल पूरा स्कूल, कॉलेज, मौहल्ला देता था , अब तुम्हें मुझसे दशरथ-सा वचन चाहिए. निसंकोच कहो मेरी सखी!" ऋज्वी ने शब्द संभाले "20-22 साल बाद मैं चाहे रहूं न रहूं तुम आस्था का ब्याह अपने बेटे गौरांग से कर देना. तुम बहुत अच्छी इंसान हो. मेरी आस्था के लिए बहुत अच्छी सास साबित होओगी." सुनीति ने सहज ही स्वीकृति दे दी.

ऋज्वी के हृदय से टनों भार उतर गया. उसे खुद पर आश्चर्य हुआ कि कहाँ उसने एक आदर्श जीवन की कल्पना की थी और कहाँ वो मात्र एक कामवाली बनकर रह गई है. जिसके होने का उस घर में कोई मोल नहीं था पर न होना उनके काम जरूर रोक देता था. खुद के लिए समझौतों तक तो ठीक था पर आस्था को वो कतई वंचित नहीं देख सकती थी. उसे आस्था को वो ठोस धरातल देना था जहाँ वो अपने पूरे पर खोलकर जीभर कर जी सके, सबकुछ मन का कर सके. जहाँ उसके सपनों को

कर्तव्यों का चोला पहनाकर ढक न दिया जावे. वो समाज का सम्मानित व उपयोगी अंग बनें. आस्था उसकी पहचान बनें. गौरवान्वित मातृत्व से दैदीप्यमान इस वंचिता ने विद्रोह का बिगुल बजा दिया. अपनी सात वर्ष पुरानी डिग्रियों की धूल हटाई. आस्था के स्कूल में ही जॉब ज्वाइन कर ली. माँ-बेटी साथ ही आती जाती. हालाँकि आस्था भरे-पूरे परिवार में थी पर दादा-दादी का लाड और पिता का सुरक्षात्मक प्रेम भी उसे ऋज्वी से ही मिलता था. उसके सलोने क्रियाकलापो पर सुधीर की स्नेहवर्षा होती थी पर दादी के षडयंत्र उन बादलों को बरसने से पहले ही उड़ा ले जाते थे. ऋज्वी के लिए वो लोग सिर्फ मानसिक बीमार से व्यक्ति थे जिन्हें एक सामाजिक समझौते के तहत उसे निभाना-भर था.और अब वो सीख गई थी समायोजन करना.

सुनीति बहुत खुश थी कि ऋज्वी का जीवनरथ अब सही दिशा में जा रहा था. पहले जब भी वो मिलती थी बस रोती और उन्हीं लोगों की बुराइयां करती रहती जैसे उसके साये तक को उन्होंने प्रताड़ित, बन्धित कर रखा हो. अब आत्मविश्वास से लबरेज ऋज्वी सिर्फ आस्था के सफल भावी जीवन की योजनाएं बुनती रहती है. वो सोचती कितना दमित व्यक्तित्व है सुधीर का जो अपनी संगिनी से कॉम्पलेक्स रखता है और आस्था जैसी प्रतिभावान पुत्री पर गर्व नहीँ करता."

अमरफल कहां मिलता है इस कलियुग में सो आस्था के दादा-दादी भी काल कलवित होने ही थे. अब सुधीर बदलने-सा लगा था. ऋज्वी और आस्था का इतना ख्याल रखता मानो पिछले 25 वर्षों के अभाव की भरपाई कर देना चाहता हो. ऋज्वी जॉब छोड़कर समाजसेवा में लग गई. आस्था सिविल सर्विसेज की कोचिंग के लिए दिल्ली चली गई. गौरांग ने जैसे-तैसे बीकॉम किया और पुश्तैनी बिजनेस बखूबी सम्भालने लगा.

आज ऋज्वी के घर मीडिया और बधाई देने वालोँ का तांता लगा था. आस्था का आइ ए एस इंटरव्यू जो क्लियर हो गया था. मिठाई खाकर नम आँखे पौंछते हुए सुनीति बोली "आज मेरी सखी की साधना सफल हुई. इस दिन के लिए खुद को डुबो दिया था ऋज्वी ने."

रात को चहल-पहल खत्म हुई तो परिवार की मीटिंग जमी. ऋज्वी ने बात शुरू की "सुनीति! ख़ुशी के अतिरेक से मैं मर ही न जांऊ. इससे पहले

तू शादी की तारीख फाइनल कर ले." सुनीति का मुँह खुला रह गया. कुछ सम्भलकर बोली "ये बेमेल शादी होगी. तूने आस्था और सुधीर की राय नही मांगी." आस्था की पलकें ऊपर उठी फिर झुक गई. "माँ जो कहे मुझे स्वीकार्य है" की घोषणा के साथ वो अपने कमरे में चली गई.

अब सुधीर ने अपना मत रखा "ऋज्वी आस्था की वट वृक्ष है जिसके साये में वो इतना विकसित हुई है. मैं एक गमले में उगा पौधा जिसने कभी खाद, पानी, धूप कुछ नहीं दिया आस्था को सो ऋज्वी के निर्णय का विरोध नहीं करूँगा." एक आवेग-सा छा गया सुनीति के मन-मस्तिष्क पर. वो धारा प्रवाह बोलने लगी "माना तुम आस्था की रचयिता हो पर उस एक भय के कारण तुम उसे बांध नहीं सकती. कभी उसका मन भी टटोलो क्या वहां गौरांग के लिए जगह है? क्या वो जगह कोई और सुयोग्य लड़का ले चुका है. या कहीं ऐसा तो नहीं कि वो आजीवन अविवाहित रहकर समाज सेवा करना चाहती हो इसीलिए उसने प्रशासनिक सेवा का रास्ता चुना हो. कब तक तुम उसे अपने आँचल में सहेजोगी. आने दो कठिनाइयों को उसके जीवन में. वो उसे तपाकर खरा सोना बनाएंगी. किसी भी माँ की अभिलाषाओं का कोई अंत नहीं होता. बेटी की सुरक्षा, उसकी शिक्षा, उसका करियर, मनचाहा वर, इच्छित सन्तान.... यही दायरा होता है. तुम उससे बाहर आओ ऋज्वी. तुम्हारा और उसका भाग्य एक ही कलम से नहीं लिखा गया है. आशंकित भय को दूर रखो. शायद उसके भाग्य में मुझसे भी ज्यादा अच्छी सास का स्नेह हो. अगर वो स्वेच्छा से गौरांग का वरण करती है तो वो मेरे घर का सौभाग्य होगा. गौरांग और मैं हज़ार हाथों से उसका स्वागत करेंगे, उसे सर आँखों पर बिठाएंगे पर प्लीज तुम उसकी उड़ान में बाधा मत बनो. उसे खुला आकाश दो ऋज्वी!" दस मिनट के स्तम्भन के बाद ऋज्वी ने उठकर सुनीति को गले लगा लिया. रुंधे कण्ठ से बोली "तुमने मुझे स्वार्थी होने से बचा लिया सखी." सुधीर भी आँखें पौंछते नजर आये.

13
ऑक्सीजन

"पता नहीं क्या घुलता जा रहा है इस महानगर की आबोहवा में, लिफ्ट में भी भीड़, मानो ऑक्सीजन भी खींच कर लेनी पड़ रही है." जैसे ही घर में घुसा दो वर्षीया मानसी दीवार से पेंट की पपड़ियाँ उतारकर खा रही थी. माँ खांसती हुई सब्जियां पैकेट से निकाल रही थी. आज फ्राइडे मार्केट गई थी शायद. रश्मि या तो व्हाट्सएप पर लगी होगी या सोनू को पीटते हुए होमवर्क करवा रही होगी. घर में भी ऑक्सीजन कम लगी. मानसी को माँ के हवाले करके सब्जियां खुद फ्रिज में रखने लगा. याद आया फ्रिज तो खराब है. महीने के आखिर में न एक्सचेंज करवाना संभव था न ही माँ का डॉक्टर बदलना. चाय की मांग करते ही रश्मि सोनू को ट्यूशन भेजने की मांग दोहरा देगी इसलिए चुपचाप रिमोट लेकर बैठ गया.

वही राजनीति, वही अपराध, वही विरुष्का की शादी की खबरें- ऑक्सीजन और भी कम हो गई. तभी शुक्ला का फोन आया- "किंग एंड क्वीन बार व रेस्टोरेंट में आ जाओ. दासगुप्ता से बर्थडे पार्टी ले रहे हैं." बेचारा दासगुप्ता-चार महीने पहले ही ज्वाइनिंग हुई है. सीनियर्स को कैसे मना करेगा. कुछ जोड़कर गाँव में रह रहे परिवार को पालने की मंशा लेकर महानगर आया है. यार्डले का परफ्यूम पैक करवाकर गिफ्ट थमा देंगे और फ्री की चढ़ा कर लड़खड़ाते हुए चलते बनेंगे. दासगुप्ता समझ ही नही पायेगा कि जबर्दस्ती जन्मदिन मनवाने का ये क्या अंदाज है.

आठ साल पहले जब मैं नया था यही तो हुआ था जन्मदिन पर. 20000 महीना पाने वाले को पार्टी का बिल 10000 भरने पर महीने के बाकी दिन कितने भारी पड़ते हैं ये सीनियर्स नहीं जान सकते. दासगुप्ता के संभावित बुझे चेहरे ने मानो ऑक्सीजन उधार मांग ली हो.

इस संडे रश्मि व बच्चों को घुमाने अक्षरधाम ले गया. माँ का भी मन तो होता होगा जाने का पर मोटर साइकिल पर सबका साथ आना असंभव है मेट्रो से जाने पर बच्चे परेशान होंगे और कैब में खर्च में हफ्ते भर की सब्जी आ जायेगी. रश्मि ने गोलगप्पे खाये. कार न होने का मलाल वो तीखे पानी में साथ भीतर निगल गई. पता नहीं पचा भी पायेगी. शाम को माँ को पास के मंदिर ले गया. वो शायद अक्सर जाती है वहां. रोजाना की संगिनियों से बतियाती रही. पति के जाने और गाँव छूटने का दुखद बोझ सर पर लादे थी.

प्रसाद व चरणामृत के साथ उसे निगलने का असफल प्रयास करने लगी. सोनू की स्कूल वालों ने एक्टिविटीज के अम्बार लगाकर अभिभावकों को अभिभूत कर रखा था. पढ़ाना तो हमें ही होता था. पर मेरी आक्सीजन न तीखा पानी बढ़ा पाया न चरणामृत न ही सोनू के प्रतिष्ठित स्कूल में होने का अभिमान.

गाँव लौटना तो नामुमकिन-सा लगता था. अब तो यहीं किसी घुटन भरे फ्लैट में श्वासें कभी साथ छोड़ देगी. कितने ही मित्र जुड़े हैं सोशल मीडिया व व्हाट्सएप के जरिये. इतने मोटिवेशनल मैसेज धडाधड आते हैं पर ऐसा कुछ लगता ही नहीं कि उत्साहित हो जाऊं; कोई मजाकिया मैसेज पढ़कर ख़ुशी से खिलखिला उठूँ. कोई अदृश्य बोझ कन्धों को दबाता-सा है. माँ रश्मि से नाराज है क्योंकि उसने वट सावित्री की पूजा-व्रत नहीं किया. कुछ मजबूरियाँ कुछ अपने ही उपयुक्त

तर्क- हम भी मॉडर्न बन रहे थे. माँ टी वी पर प्रवचन सुनती रहती है पर मुझे तो वो पूरी जमात ही ढोंगी प्रतीत होती है. लगता है कभी मिलूं तो पूछूंगा क्या उन्हें ऑक्सीजन भरपूर मिल रही है. एकबार लम्बा श्वास लेकर सब लोगों के श्वास की गति परखना चाहता हूँ.

14

असंभव आस

आज अपने 25वें जन्मदिन पर इस सरकारी स्कूल की कुर्सी पर बैठी अतीत के पन्ने उलट रही हूँ. पहली बार घर से बाहर हूँ पर ये आजादी कौंच रही है. आज तक इस ग्लानि से बाहर नहीं आ पाई हूँ कि मैंने शिक्षिका की नौकरी से कैसे संतोष कर लिया. माँ -पापा रूढ़िवादी समाज को नजरंदाज कर हमेशा मेरा हौंसला बढ़ाते; कुछ विशिष्ट करने को प्रेरित करते. पढाई के साथ अन्य गतिविधियों में अव्वल होना बाकी लोगों की ईर्ष्या प्रबल करता था.

जिंदगी ने मुझे बाँहों में झुलाने के लिए गोद में उठाया ही था कि संतुलन बिगड़ गया. इन्हीं दिनों मैंने आई आई टी के लिये तैयारी शुरू कर दी थी. कोचिंग आते-जाते महसूस हुआ कि कुछ जोड़ी निगाहें मुझे बराबर घूरती है. कुछ जोड़ी कदम लगातार मेरा पीछा करते हैं. एक दिन हद हो गई जब मुझे मोबाइल पर अननोन नंबर से कॉल आये, दोस्ती के प्रस्ताव मिले. सहजता से मना कर दिया पर ये डर नखों में समा गया कि सामने वाले उतनी सहजता से मान जायेंगे क्या. पास से कोई कार गुजरती तो लगता कोई खींच कर अंदर न बिठा ले. कोई आँखे संदेहास्पद लगती तो घबराई-सी होकर उसके हाथ में एसिड की बोतल न होने की कामना करती.

पापा-माँ ने हमेशा सिखाया कि अगर हम मन वचन कर्म से किसी का बुरा नहीं करते तो हमारा हमेशा भला ही होगा. पर मेरे कुछ प्रश्न

अनुत्तरित हैं. माथुर मैंम की क्या गलती थी जो उन्हें उन्हीं के स्टूडेंट ने मौत की नींद सुला दिया. महज स्कूल की छुट्टी करवाने के लिये मेरी ही एक जूनियर ने एचकेजी के स्टूडेंट को चाकू मार दिया. उस आवेग के क्षण में कोई क्या कर गुजरता है उसे खबर ही नही होती. पर आवेग का शिकार या तो प्राण गँवा देता है या सदमे भरी जिन्दगी जीता है. वो दर्द उसके साथ उसके अपने जीते है. मैं समझ ही नहीं पाई कि दुबारा कॉल आने पर मुझे माँ-पापा को बताना चाहिये या अपने स्तर पर स्थितियां ठीक करनी चाहिए. एकबार मध्यरात्रि में कॉल आया. लगा कि कोई मुझसे बात करने के लिए देर तक क्यों जाग रहा है. उत्सुकतावश बात की. सामने वाले को सुना. फिर समझाकर मना कर दिया. ब्लैंक कॉल व मेसेजेज का सिलसिला नहीं थमा. हद तो तब हुई जब लैंडलाइन पर धमकी भरे फोन आने लगे.

एक दिन प्रज्ञा ने मुझे फोन करके रेस्टोरेंट बुलाया. उस आवारा टोली का प्रमुख सामने बैठ गया. प्रेम निवेदन करते हुए कलाई थामने लगा. मैं झटके से उठी और प्रज्ञा को अविश्वास से घूरकर निकल गई. पापा को एक शुभचिंतक ने नमक-मिर्च लगाकर विवरण दिया. पता नहीं उन्होंने मेरी प्रतिक्रिया देखी नहीं थी या उसे बताना उचित नहीं समझा. मेरे मोबाइल की कॉल डीटेल्स निकलवाई गई. सीधा फरमान हुआ कि कोचिंग बंद कर दो. "परायों का क्या दोष जब हमारा हीरा ही कांच निकला. मध्यरात्रि में बातें करना घर पर न बताना संदेहास्पद ही है." एक सफाई भी न सुनी गई. उत्सुकता को पथभ्रष्टता मान लिया गया. चार महीने लग गये अपना उजला पक्ष बताने में. कोचिंग फिर शुरू हुई. पर प्रारब्ध शायद मेरे प्रतिकूल था. आवारा टोली ने एक दिन सेंटर पर तोड़फोड़ करके फेकल्टी को इतना डरा दिया कि उन्होंने मुझे घर के रास्ता दिखा दिया. पुलिस केस हुआ. मुफ्त में बदनामी हो गई. अब प्राइवेट बी ए करना ही एकमात्र विकल्प था.

बचपन में जिस घर में चिड़िया की तरह चहकती फिरती थी वो अब मेरा कैदखाना हो गया. पापा-माँ को सलाह मिली कि समय रहते हाथ पीले कर दो. कोशिशें तेज होने लगी. मेरे आंसुओं ने उनके हृदय पर जमी बर्फ पिघला दी. मैंने बी एड कर लिया. द्वितीय श्रेणी शिक्षक परीक्षा में

चयनित हो गई. अब प्रशासनिक सेवा की कोचिंग के लिए दिल्ली जाना चाहती हूँ. पर अब मेरा भाग्यविधाता मेरा मंगेतर है. मुझे स्वीकृति की असंभव आस है.

15

ममता

यूँ तो शीतल को अपने ससुराल में सभी भले लगे लेकिन उसकी बुआ सास की लड़की हर्षदा न जाने क्यों बहुत अपनी-सी लगती थी. हर्षदा उम्र में उससे कम थी पर अत्यंत परिपक्व व शालीन थी. साल दर साल गुजरते गए पर शीतल को माँ बनने का सौभाग्य न मिला. मिले तो बस सवाल ही सवाल - ससुराल में भी, मायके में भी.

हर्षदा उससे सखी का सा बर्ताव करती. शीतल उसके पास रोकर अपना दाह शांत कर लेती. शादी की दसवीं वर्षगाठ पर उसे बहुत बधाइयाँ मिली पर जब उसने अपनी बहनों से, ननदों से एक बच्चा उसकी गोद में डाल देने का आग्रह किया तो सबने अपने कारण गिना दिए. सास-ससुर को परिवार से बाहर का शिशु गवारा न था. उसके आसुओं के सागर में हर्षदा ने यह कहकर एक आशा नौका डाल दी कि भविष्य में वह अपना बच्चा शीतल को देगी.

विधि का विधान - जल्दी ही हर्षदा के विवाह की तारीख पक्की हो गई. शीतल ने जब उसे उसका वचन याद दिलाया तो हर्षदा ने स्पष्ट किया कि उसके मंगेतर नवीन से उसने बात की है और उन दोनों ने फैसला लिया है कि वे अपना दूसरा बच्चा शीतल को देंगे. पहला बच्चा वे स्वयं रखेंगे. समय पंख लगाकर उड़ा. तमाम इलाज व पूजा-पाठ के बाद भी शीतल नाउम्मीद ही रही. उधर हर्षदा के गर्भ में शीतल की उम्मीदें पलने लगी. हर्षदा सोचती यदि प्रथमतः पुत्री हुई, फिर दुबारा लड़का हुआ तो

वह भाभी का होगा पर क्या उसके सास-ससुर पोते का मोह छोड़ देंगे. फिर उसे तो अपने लिए बेटी ही चाहिए थी. शिशु चाहे बेटा हो या बेटी पर स्वस्थ, सुंदर व तेजस्वी हो.

उसके चिंतन का तो अंत ही नहीं था पर जब कंसीव होने के बाद सोनोग्राफी हुई तो पता चला कि उसके जुड़वाँ बच्चे होंगे तो उसने नवीन से कहा कि भगवान ने एक बच्चा भाभी के लिए ही भेजा है. हम दोनों को ठीक-से संभाल भी नहीं पायेंगे. नवीन ने अपनी माँ की झिझक के बावजूद भी स्वीकृति दे दी. नौ महीने थोड़े तकलीफदेह तो थे पर उसने अपना नजरिया ख़ुशनुमा और सकारात्मक रखा.

नियत समय पर हर्षदा ने दो लड़कों को जन्म दिया. डिलीवरी के बाद जब डॉक्टर बच्चों का चेक-अप करके बाहर निकले तो हर्षदा ने नवीन को वार्ड में बुलाया और गुरूजी द्वारा प्रदत्त धागा एक बच्चे की कलाई पर बांधा और बोली "ये हमारा अर्जुन है और वो रहा शीतल भाभी का बेटा!" शीतल के तो मानो पैर ही जमीं पर नहीं पड़ रहे थे. गाजे-बाजे के साथ वो बेटे को घर ले गई. अभी तो उसे जन्मोत्सव मनाकर अपने ढेरों अरमान पूरे करने थे. हर्षदा पर तो मानो उसने आशीर्वाद व शुभकामना की झड़ी ही लगा दी.

शीतल के पास तो अब कोई बात ही नहीं होती थी सिवा उसके बेटे वासु के कार्यकलापों के. अब वो बैठना सीख गया, उसने कब पहली बार माँ कहा – वो बस चहकती ही रहती. हर्षदा की विशेष देखभाल व इलाज करवाने के बाद भी अर्जुन ठीक से चल नहीं पाता था हालाँकि मानसिक रूप से वह पूर्ण परिपक्व था. नवीन ने इसे नियति माना कि वासु भाभी की गोद में है. पर हर्षदा हार मानने वाली नहीं थी. उसने अर्जुन को पूर्ण शिक्षा दिलवाने के साथ -साथ उसकी रूचि के क्षेत्र को विकसित किया. उसने जान लिया कि व्हील चेयर पर निर्भर होने के बावजूद भी अर्जुन की रूचि निशानेबाजी में है. उसने अपनी जमापूंजी से घर में ही शूटिंग रूम बनवाया. सुयोग्य कोच की सेवायें ली. वो निरंतर अर्जुन को प्रोत्साहित करती. उसे लक्ष्य के प्रति एकाग्र होना सिखाती.

माँ-बेटे की मेहनत रंग लाई जब छोटी उम्र में ही पेराओलम्पिक में अर्जुन ने शूटिंग में स्वर्ण पदक जीतकर देश का मान बढ़ाया. गौरवान्वित

माता-पिता एयरपोर्ट के रास्ते में थे, अपने विजेता पुत्र की अगवानी के लिए. नवीन ने सहज ही पूछ लिया "हर्षदा, वासु का पूर्ण विकास देखकर कभी तुम्हें नियति पर क्षोभ नहीं हुआ?" हर्षदा ने आत्मविश्वास के साथ जवाब दिया "क्षोभ कैसा? ये मेरा अपना फैसला था. मैंने आजतक किसी को नहीं बताया. डॉक्टर ने चेक -अप करके बताया कि अर्जुन शारीरिक रूप से कुछ कमतर होगा तभी तो गुरूजी का दिया धागा मैंने उसे बांधा उसकी विशिष्ट पहचान के लिए."

नवीन ने प्रतिप्रश्न किया "शीतल भाभी से तुम्हें इतना स्नेह था पर उन पर विश्वास नहीं था कि वो अर्जुन को उसकी कमजोरी की वजह से पूर्ण ममता नहीं देगी?"

हर्षदा गम्भीरतापूर्वक मुस्कराई "शीतल भाभीदयावश ममता तो पूरी लुटाती पर मुझे डर था कि कहीं वो उसे भावनात्मक व मानसिक धरातल पर कमजोर बना देती. उसकी
प्रतिभा को निखार नहीं पाती. मेरी तरह कठोर नहीं हो पाती."

हर्षदा के इस रहस्योद्घाटन पर नवीन अवाक् था पर साथ ही नतमस्तक था अपनी अर्धांगिनी की इस दृढ़ता पर, त्याग और समझदारी पर.

16

उगता सूरज

आज राजनारायण जी का सीना गर्व से चौड़ा हो गया. उनके पिता द्वारा छोटे-से कस्बे में शुरू की गई फर्म ने दिल्ली में एक विशाल ऑफिस का रूप ले लिया था. पिताजी तो स्वर्गवासी हो चुके थे पर राजनारायण जी के इकलौते बेटे सुकेश ने दिल्ली को अपनी कर्मभूमि चुना. संतोषी स्वभाव के राजनारायण जी कम आमदनी से खुश थे. उनकी साध थी कि सुकेश ये क़स्बा छोड़कर न जाये पर आजकल की ये नई, शिक्षित पौध विस्तार और लाभ को महत्त्व देती है. खैर हरि-इच्छा बलवान. फिर ओमेंद्र्जी तो है ही उनकी सहायता के लिए. पिछले बीस वर्षों से मुनीमगिरी कर रहे हैं उनकी फर्म पर; कभी छोटे भाई से कम सम्मान नहीं दिया ओमेंद्र जी को. बोली के थोड़े तेज और अधैर्यवान है पर नीयत के साफ़ है ओमेंद्र जी. उधर सुकेश व्यापार को नई ऊचाईयाँ देता इधर राजनारायण जी मुक्तहस्त से दान देने लगे. वे सोचते सारे कर्तव्य तो पूरे कर दिए; अब जीवन की सांध्यवेला में पुण्य कमा लूँ. जीवनभर ईमानदारी से कमाया ये धन भी साथ नहीं जायेगा. अत: अपने हाथों से ही इसे मंगलकार्यों में लगा दूँ.

इधर ओमेंद्र्जी के कान खड़े हुए, “मेरी तन्ख्हा बढ़े न बढ़े; मंदिरों के जीर्णोद्धार में पैसा लुट रह है. क्या सनक सवार हुई है बुढ़ापे में! भाभीजी तो स्वर्ग सिधार गई; अब इनका हाथ कौन रोके?” बस...इस चिंतन के बाद समाचार सुकेश तक पहुँचने लगे. जहाँ बीस हजार का दान होता;

खबर पैतीस हजार की दी जाती. चार ब्राह्मणों का भोज होता; रिपोर्ट आठ की दी जाती. इन नमक-मिर्च लगे समाचारों से भी सुकेश न डोला. प्रत्युत्तर दिया, "चाचाजी! अब इन्हीं का कमाया धन है. जीवनभर सादगी और संयम से रहे हैं, अब दान-पुण्य में आनंद मिले तो वही सही."

अब चाचाजी ने बहूरानी को खबर दी. शिगूफा नया था, "बिटिया! ब्राहमण भोज भले करावे पर इस उम्र में अपने हाथों से इनके लिए बाटी-चूरमा सेकते हैं. कहीं कुछ शरीर की या घर की क्षति हो गई तो मुझे न कहना. मंदिर का चंदा मांगने वालों की लाइन लगी रहती है. कभी कोई मुस्टंडा रूपये लूटने के लिए चाकू, छुरी न निकाल ले. हम भी कहाँ तक ध्यान रखे? जिद्दी इतने है कि किसी की नहीं सुनते."

अबकी निशाना अचूक था. बेटा-बहू दोनों के कान खड़े हो गए. "ये तो भला हो चाचाजी का जो पूरे समाचार बता देते हैं वर्ना पापा तो फोन पर कुछ भी नहीं बताते. रूपये का नुकसान मायने नहीं रखता पर कहीं कोई चोट लग गई तो...लोग हमें सुनायेंगे."

पिता की इच्छा से ज्यादा चाचाजी की सलाह का सम्मान हुआ. सुकेश ने अगले हफ्ते का रिजर्वेशन करवाया. सारा बिजनेस ओमेंद्रजी को सौंपकर वापसी में पिता को दिल्ली लेता आया जहाँ उनका कभी मन नहीं लगा.

ओमेंद्रजी ने इस महीने का प्रॉफिट पत्नी को देते हुए कहा, "ये है उगते सूरज को सलाम करने का फायदा."

17

भूमिका

चातुर्मास में साध्वियों का दल पास ही के भवन में ठहरा था. महिमा नित्य अपनी सास के साथ प्रवचन सुनने जाती थी. समाज में ये संचेती परिवार बड़े सम्मान की दृष्टि से देखा जाता था. अर्थलाभ हो या धर्मलाभ -सबमें अग्रणी. प्रेक्षा-ध्यान के नियमित प्रयोग ने महिमा को एकाग्रता, तुष्टि व समता रुपी उपहार दिए. व्याख्यान के दौरान उसका ध्यान एक 16 -17 वर्षीय साध्वी पर अनायास ही खिंच जाता. साध्वी सुमतिप्रभा – यही नाम था उनका.

ऐसी व्यग्रता और चंचलता अमूमन साध्वियों के व्यवहार में नहीं होती. गोचरी के लिए आती तो प्रतीत होता कि वयोवृद्‌ध साध्वी उन्हें आचरण सिखा रही है. शायद नई नई दीक्षित है. महिमा सोचती कि क्या वजह रही कि संसार छूटा नहीं फिर भी वो साधना पथ पर आ गई. फिर स्वयं पर ही हँस पड़ी कि उसके लिए तो संसार में कुछ बचा ही नहीं फिर भी प्रतिष्ठित संचेती परिवार की आदर्श बहू की भूमिका बखूबी निभा रही है.

यही तो नियति के निराले खेल है कि पात्र को पात्रता के विरुद्‌ध भूमिका मिलती है. अगले दिन सुबह के व्याख्यान में सुमतिप्रभा जी नदारद थी. बाहर लान में कहीं खोई–सी फूलों को टकटकी लगाकर देख रही थी. गरीबी और अभाव ने अल्हड़ शोभा को साध्वी सुमतिप्रभा बना दिया. जल्दबाजी में महिमा अभिवादन न कर सकी. उसे hsg के लिए जाना था पता होते हुए भी कि वह फिट है. जिस दिन परिवार के

सम्मान रक्षार्थ युवती महिमा ने अपनी पसंद त्यागकर संचेती परिवार के कुलदीपक के साथ फेरे लिए वो सदा के लिए बेआस हो गई. दीक्षा लेने की अनुमति मांगकर हार गई वो. नहीं हारी तो उसकी सास - मणिका, जो डॉक्टर, तांत्रिक, ओझाओं की शरण में जाती पर कभी बेटे को अपना चेकअप करवाने को
मजबूर न कर सकी.

हॉल में नमोकार मन्त्र का जाप चल रहा था. मणिका अपना बैग लाने बाहर आई. सबसे बेखबर साध्वी सुमतिप्रभा बाहर खुली फैशनेबल सैंडल व चप्पलों को बारी-बारी से रीझकर पहन रही थी. मणिका के अंतस में महिमा का अनदेखा किया दर्द कसमसाने लगा.

18

शतक

प्रतिवर्ष की तरह इस वर्ष भी नवरात्रि से पूर्व सियाराम मंडल की मीटिंग हुई. रामलीला के लिए पात्रों का चयन, बजट का लेखा -जोखा, सदस्यों को काम सौपना जैसे अनगिनत काम थे. बुजुर्ग वर्ग हैरान रह गया जब मीटिंग के प्रारम्भ में ही युवा सदस्यों ने रामलीला बंद करने का प्रस्ताव किया. उनका तर्क नि:संदेह सही था कि दस दिनों में सिर्फ दो दिन भीड़ जुटती है, बाकी दिन पूरा मैदान खाली. शूर्पणखा व कुंभकर्ण वाले दिन खासा तमाशा होता है; युवा , किशोर सब जुटते है क्योंकि राक्षसी पात्र आजकल के फ़िल्मी गानों पर नृत्य दिखाते है. भीड़ जुटाने के लिए द्विअर्थी संवाद बोलने पर उतर आते है. उनका बनाव -श्रृंगार भड़कीला रहता है. पर दैवी पात्रों के लिए कोई दर्शक नहीं है.

जैसे-तैसे बजट जुटाकर, पात्रों को प्रशिक्षण देकर वे इस 95 वर्ष की परम्परा को जीवित रखे हैं पर इस साल ..बस. बुजुर्ग व्यथित थे कि इन दस वर्षों में तो टी वी, इंटरनेट ने सब चौपट कर दिया है वर्ना लोगों में उत्साह इस हद तक था कि पात्रों से पहले वे संवाद बोलते थे. चौपाई गाने वाले से पहले, अपने स्थान पर बैठे दर्शक गा उठते थे. अच्छे अभिनय पर पात्रों को दर्शकों से उपहार भी मिलते थे. अब तो म्युनिसिपल से आर्थिक सहायता भी मिलना बंद हो गई है. लोग चंदा भी उदारहृदय से नहीं देते है. आज

की पीढ़ी में वो श्रद्धा नहीं है पर जाने अधेड़ों व बुजुर्गों को कौनसी

व्यस्तता ने घेर रखा है. महिलायें वर्ष भर की रातें सास -बहू मार्का सीरियल देखकर गुजारती है. क्या दस दिन वे रामलीला देखने नहीं आ सकती. तीन घंटे चली मीटिंग के बाद भी ये निश्चय नहीं हो पाया कि दर्शक कैसे जुटाए जाये? बुजुर्गों के इस आग्रह को युवा सदस्यों ने अवश्य मान लिया कि रामलीला के शतक के लिए वे आगामी पांच वर्षों तक इसे बंद करने की बात नहीं करेंगे.

19

उदारदिल कौन

किशोरवय नीरज ने चहकते हुए माँ से पूछा, "माँ मेरे जन्म पर दादी ने सारे शहर में लड्डू बंटवाए थे ना और दादाजी ने किन्नरों को इक्यावन हजार नकद व सोने की चेन दी थी. ताईजी कह रही थी कि ताउजी ने नाइन को सोने की अंगूठी दी थी और पिताजी ने तो वार -फेर में ही पूरे बीस हजार खर्च कर दिए ."

इन बातों पर इठलाता हुआ नीरज पूछने लगा "माँ , सबसे ज्यादा उदारदिल कौन है?"

"बेटा! तुम मेरे विवाह के पांच साल बाद हुए , यदि तुम्हारे नाना मेरी माँ के गहने गिरवी रखकर मेरा

इलाज न करवाते तो मैं आज इस घर में नहीं होती ." उसने बुदबुदाते हुए आँखे पोंछ ली .

20

ड्राइंगरूम

शादी से पहले भी वह बहुत सफाईपसन्द थी. विशेषकर ड्राईंगरूम को वह हमेशा सजा-संवरा देखना चाहती थी. उसे बहुत कोफ़्त होती थी जब उसकी सास दीवान पर बैठकर बत्तियां बनाती, मेथी की पत्तियाँ तोड़ती. चादर तो गंदी होती ही मगर अपने तेल से भीग बालों को दीवार से सटाकर वह अपनी उपस्थिति के चिन्ह दर्शाती .

सीमित कमरे होने से पोते उसके कमरे में ही देर रात तक पढ़ते. रात को बूढी सास का ड्राईंगरूम में सोना उसे नागवार गुजरा. उपेक्षावश सीढ़ियों के मध्य के चार बाई चार के स्थान में उसकेबिस्तर लगा दिए गए. दुर्भाग्यवश एक रात वह लुढ़ककर हॉल में आ गिरी. रीढ़ की हड्डी में चोट के अतिरिक्त सिर का घाव भरने का नाम न लेता. पड़ोसी, रिश्तेदार तबियत पूछने आते इसलिए रोगी का आसन ड्राईंगरूम में ही जमा.

बीस दिन तक गृहिणी ड्राईंगरूम की दुर्दशा पर मन ही मन दुखी होती रही.अचानक इक्कीसवें दिन बुढ़िया की अर्थी वहीं से उठी. बारह दिन के क्रियाकर्म तक घर में रौनक थी. अगले दिन से ड्राईंगरूम अपनी वीरानी पर आँसू बहा रहा था .

www.ingramcontent.com/pod-product-compliance
Lightning Source LLC
La Vergne TN
LVHW101952220826
846093LV00006B/186
9798887838663